EL FARO DE FUEGO

Sergio Helguera

EL FARO
DE FUEGO

EDITORIAL
FJDH

Helguera, Sergio R.
El faro de fuego. - 1a ed. 1a reimp. - Ciudad Autónoma de
Buenos Aires: Fundación Jóvenes por los Derechos Humanos,
2014.
160 p. ; 14x20 cm.

ISBN 978-987-29882-4-1

1. Narrativa Argentina. I. Título
CDD A863

Editorial FJDH
Email: editorial@jdh.org.ar

ISBN 978-987-29882-4-1

Diseño de tapa e interior: Sergio Helguera

www.sergiohelguera.com.ar

A mi viejo, de quien heredé la pasión por escribir.

Una guerra nunca resuelve problema alguno. No hace sino plantear otros nuevos.

Winston Churchill

Yo no hablo de venganzas ni perdones, el olvido es la única venganza y el único perdón.

Jorge Luis Borges

Vengándose, uno se iguala a su enemigo; perdonándolo, se muestra superior a él.

Sir Francis Bacon

PRÓLOGO

No muchos son los sobrevivientes de la crueldad y el horror de enfrentar sus más grandes miedos durante una guerra que ellos no iniciaron. Los días y noches cubiertos de sangre, lodo y muerte se convierten en parte de su ser. Vivencias que engendran las más terribles pesadillas y que se perpetúan por el resto de sus días, obligándolos a llevar una pesada carga que el tiempo nunca logra desvanecer. Inevitables y recurrentes recuerdos los obligan a revivir una y otra vez el pasado, inventando en sus mentes infinitas maneras de evitar lo que, en su momento, fue inevitable. Rostros y voces grabados en la memoria inconsciente del tiempo, que visitan cada noche sus más tristes pensamientos.

Para ellos, la lucha por dejar atrás lo vivido se convierte en una guerra sin fin, donde el enemigo es su propia memoria. Una guerra desigual, más despiadada y salvaje, donde el precio de la derrota es, en ocasiones, la muerte en sus propias manos.

Para pocos, la guerra es parte de su ser, es dedicar cada instante de sus vidas en busca de un final. Muchos se pierden en el camino, derrotados por su propia naturaleza. Otros, logran encontrar lo que por tanto tiempo han buscado, sin advertir sus consecuencias.

INTRODUCCIÓN

La luz tenue del amanecer se colaba entre las hendiduras de la desgastada ventana de madera, dividiéndose en innumerables haces de luz que iluminaban la cama donde Juan descansaba. Con sus ojos entreabiertos, podía distinguir que iba a ser un hermoso día de verano. Se incorporó lentamente, escuchando en silencio el aleteo de los cormoranes y los gaviotines que sobrevolaban la costa cercana. Suspiró profundamente y se sentó al borde de la cama para luego arrodillarse y, como cada mañana, darle gracias a Dios por un nuevo día.

Juan Carlos Morales era ya un hombre de 49 años de edad, robusto y fuerte. Su barba canosa y prolijamente cortada enmarcaba un rostro curtido por el frío y marcado por las historias de vida que guardaba celosamente en su más profundo ser. Morales era una persona callada. Había aprendido a vivir en soledad, aislado de la gente por su propia voluntad. Prefería evitar conversaciones que lo terminaran llevando a contestar preguntas sobre su pasado, un pasado que había decidido olvidar.

—¡Buen día, Coco! —se alegró, al ver entrar a su confidente y único amigo: un viejo pastor alemán que lamía su rostro incansablemente. Morales le brindó unas cuantas palmadas en el lomo para luego acariciar su cabeza. Siempre recordaba aquella fría noche de invierno, cuando lo había visto por primera vez a un lado de la carretera, inmóvil, vencido por el hambre y el frío. Ahora, con sus ocho años de edad, Coco era un perro de gran tamaño y, aunque era ciego de un ojo, se desenvolvía de manera increíble. Su compañía era todo para Juan, sentir su presencia en la casa hacía más llevadera su soledad. Aun cuando Juan era consciente de que sus conversaciones eran inentendibles para él, pasaba horas enteras confesándole sus pensamientos, miedos y sueños.

Moviendo su cola frenéticamente Coco salió de la habitación para perderse nuevamente dentro de la casa. Juan podía adivinar dónde se encontraba: como cada mañana, se sentaba firme frente a la puerta de entrada, esperando que se abra para salir corriendo y perderse entre la vegetación. Juan desconocía qué era lo que hacía durante sus horas de ausencia, pero sabía que regresaría para comer o descansar y, más aún, antes del anochecer.

Su pequeña habitación era cálida y acogedora; tenía el espacio suficiente para albergar en su interior la cama de una plaza, la diminuta mesita de madera y un viejo ropero que descansaba contra la pared. Con un gesto de dolor, Morales se puso de pie, apoyando su peso sobre su brazo derecho sobre la cama. Hacer fuerza con su brazo le provocaba un dolor punzante que lo obligaba a desistir, recordándole una vieja herida de tiempos pasados. Juan se maldecía a sí mismo al olvidarlo siempre. Dirigiéndose hacia las ventanas de la habitación abrió las persianas de madera una por una de par en par, dejando entrar de lleno la cálida luz del sol. Observando el azul del cielo abrió también las ventanas de vidrio, respirando profundamente para llenar sus pulmones con la suave brisa de verano. Se desperezó una vez más y, calzándose sus viejas alpargatas que descansaban prolijamente a un lado de la cama, salió de la habitación.

La casa no era muy grande, pero era lo suficientemente cómoda para él y Coco. Lo abrigaba durante los largos meses de invierno y era fresca en el verano. Sabía que esa casa había sido una bendición en su vida, un regalo que no habría podido haber venido en el momento más oportuno. Juan cruzó el espacio que separaba la habitación de la cocina. Frente a la puerta de entrada, una diminuta recepción presentaba un hogar de hierro fundido desde donde una chimenea color negro se levantaba hasta el techo. Las paredes estaban decoradas con fotografías y algunos recortes de diarios locales prolijamente enmarcados. Morales había eliminado las puertas tanto de la cocina como la de su habitación, por lo que podía observar su dormitorio sentado cómodamente en la cocina. Como lo había previsto, el viejo pastor alemán se mantenía frente a la puerta a la espera. Juan corrió el pasador superior y luego de girar la llave abrió la puerta. Coco escapó de inmediato zigzagueando entre sus piernas para alejarse corriendo y perderse a lo lejos.

Abriendo uno de los cajones de la mesada, tomó un encendedor y encendió el piloto del termotanque.

"Nada mejor que una buena ducha para despabilarse", se dijo a sí mismo en voz alta, descolgando su toallón.

De pie en el interior de la antigua bañera de loza color marfil podía ver a través de la ventana toda la extensión de la costa, hasta donde el azul del mar se unía con el azul del cielo, allá lejos en el horizonte. La belleza natural de aquel sitio lo deslumbraba cada día, jamás hubiera imaginado estar en un lugar así unos años atrás. La paz y el paisaje que lo rodeaba lo ayudaban a olvidar, o por lo menos atenuar las penas de tantos seres queridos que había perdido. El sonido de la cálida lluvia cayendo sobre su cabeza y la inmensidad del paisaje que se filtraba por la diminuta ventana lo hacía pensar en todo lo que había vivido.

En su habitación, Juan Carlos guardaba el retrato de sus padres, la única imagen que le permitía no olvidar sus rostros. No los había vuelto a ver desde aquella trágica mañana del día 15 de Enero de 1979 en la localidad de Dolores, una semana después de haber cumplido 15 años de edad. Su único recuerdo era estar viajando en el Peugeot 404 color gris, en compañía de sus padres y un amigo de la infancia. Recorrían la ruta 2 hacia Buenos Aires, después de unas inolvidables vacaciones en la ciudad de Mar del Plata. Luego, su memoria lo llevaba a una sala de hospital, donde una mujer de blanco le murmuraba suavemente que sus padres y su único amigo habían fallecido en el accidente. Desde aquel instante, su vida había cambiado para siempre. Sin familia y nadie con quien quedarse, deambuló durante semanas entre oficinas y hogares, hasta que un día, finalmente, lo llevaron a una especie de "casa común" como lo llamaban, donde debía convivir con otros chicos en su misma situación. Transcurrieron largos años hasta cumplir los 18 años de edad y poder elegir su propio futuro. Dos días después de haber cumplido la mayoría de edad él y su único amigo de "la casa común" decidieron enlistarse en el servicio militar por voluntad propia, pero no duraron mucho tiempo en aquel lugar...

El sonido agudo del vapor escapándose por el pico de la pava lo hizo volver a la realidad. Cerró la llave de agua, tomó su toalla y, cubriéndose con ella salió de la bañera. Después de calzarse las alpargatas se dirigió hacia la cocina. Morales disfrutaba el silencio que reinaba en la casa. Había adquirido pánico a los ruidos fuertes y mucho más a los inesperados. Para evitar este padecimiento había decidido no instalar ninguna línea telefónica en la casa ni poseer celular alguno. Además, el silencio lo ayudaba a concentrarse en la lectura, un pasatiempo al que le dedicaba todos los atardeceres.

Apagó el fuego y enfrió el agua con un poco de agua fría. Luego de cebar su primer mate amargo se dirigió hacia la habitación para acomodar prolijamente las sábanas y el cubrecama. Luego abrió el destartalado ropero de madera para decidir qué se pondría el día de hoy. Aunque no había mucho para elegir, Morales se tomaba su tiempo. Desde lejos y entrecortado por el viento podía escucharse el ladrido de Coco. "Seguramente habrá encontrado alguna alimaña para divertirse", pensó.

Después de ajustarse firmemente los cordones de sus zapatos, Juan cerró el armario y apoyó el mate vacío sobre la mesita de madera. Se retiró de su habitación y, subiendo las escaleras, se dirigió a los cuartos superiores. El crujir de los escalones de madera bajo sus pies rompió el silencio que reinaba en la casa. En el piso superior se encontraba un cuarto sin uso, al que Morales nunca ingresaba. En su interior sólo se podía ver una cama vieja y una pequeña mesita de luz desgastada por el tiempo, donde reposaba un antiguo farol a queroseno. Juan nunca le había encontrado un uso, por lo que difícilmente entraba en aquella habitación que permanecía con las ventanas cerradas la mayoría de los días. Al otro lado del pasillo se encontraba la puerta de una habitación más grande, donde albergaba su mayor pasatiempo o "hobby" como le gustaba llamarlo.

Abriendo la puerta Juan ingresó a la habitación que permanecía a oscuras. Luego abrió las ventanas para dejar entrar la luz del día, iluminando cada una de sus creaciones. El olor en el ambiente era particularmente penetrante. Incontables estantes de madera cubrían las paredes, y sobre ellos reposaban infinitas herramientas de carpintería, serruchos de todos los tamaños, pinzas, tijeras, carretes de hilos de colores y numerosos frascos prolijamente marcados y colocados en un orden que solo él conocía y con el que se sentía a gusto. Grandes sacos colmados de algodón, aserrín y recortes de telas yacían apoyados contra la pared. La habitación entera daba la impresión de ser un arca de Noé detenida en el tiempo, en los estantes podía verse varios ejemplares de pingüinos, aves, y otros animales autóctonos, la mayoría de ellos sin terminar. Una gran mesa de madera reinaba la habitación, ocupando el espacio central. Sobre ella, se erguía un gran cormorán con sus alas extendidas, detenido en el tiempo, con su mirada perdida. Morales se acercó y le dio una mirada exhaustiva.

Morales había descubierto aquel pasatiempo a raíz de una experiencia que lo había marcado en un momento de su vida, años atrás. Después de luchar contra una larga enfermedad, la muerte nuevamente había golpeado su vida llevándose a su única compañía: un fuerte y fiel rottweiler. Aquel animal había significado mucho para él durante el corto tiempo que habían disfrutado juntos en esa casa. Trueno, como él lo llamaba, fue testigo de sus primeros días en aquel paraje, en un entorno completamente desconocido para él. Su pérdida lo había afectado en gran manera y la soledad en que había quedado sumergido lo llevó a cometer un acto nunca antes pensado. En su afán por perpetuar su compañía y evitar la soledad, comenzó a estudiar las diferentes técnicas de embalsamamiento. Sin mucho conocimiento, con prisa y utilizando herramientas precarias, embalsamó el cuerpo del rottweiler. Días después, su falta de conocimientos y el paso del tiempo comenzaron a hacer estragos en el animal, obligándolo a deshacerse de él para siempre. Esta experiencia había llevado a Morales a encontrar un pasatiempo que lo ayudaba a transcurrir las horas en las interminables noches de insomnio. La diversidad de la fauna que habitaba la zona le proporcionaba gran cantidad y variedad de ejemplares con los que podía trabajar, y la venta de esos animales en el pueblo le significaba una entrada de dinero. Sus trabajos lo ayudaban a pagar su comida, conseguir más elementos para mantener su "hobby" y todo lo que necesitaba para vivir.

Con un gesto de aprobación, Juan tomó el cormorán y lo colocó cuidadosamente dentro de una caja de cartón corrugado. Luego completó los espacios libres en el interior de la caja con numerosos bollos de papel de diario para mantener firme el animal en su interior. Por último, cerró la caja envolviéndola con un cordón y con un fuerte nudo aseguró la tapa. "Ya es hora de irte", dijo en voz alta y, cargando la caja en sus brazos, bajó las escaleras.

Morales tomó las llaves sobre la mesa y giró su

cabeza para ver el reloj de péndulo sobre la pared. Bajo la suave calidez del sol de la mañana, cerró la puerta con llave y bajó las escaleras cargando la caja en sus brazos. Cuidadosamente apoyó su trabajo en el suelo de tierra y alzó la cabeza, recorriendo con su mirada el paisaje. Llevando sus dedos hacia la boca, aspiró profundamente y chifló. Giró su cabeza y volvió a hacerlo hacia la dirección opuesta. Extrajo las llaves de su bolsillo y, con un gesto de dolor, volvió a cargar la caja. A lo lejos, la figura de Coco se acercaba rápidamente. Algo traía en su hocico pero no llegaba a distinguir qué era.

Detenida en la entrada sobre el sendero se encontraba la Rural Willys 4x4 pintada color verde oscuro ya desgastado por el tiempo y el salitre en el aire. Había conseguido ese vehículo a cambio de unos trabajos de albañilería varios años atrás. La camioneta era vieja y no muy estable, pero nunca lo había dejado a pie en el camino. Sabía que esas cuatro ruedas era lo único que lo mantenía en contacto con el pueblo, que se encontraba a más de 60 kilómetros. Morales esperaba que siga siendo así por mucho tiempo más.

Abrió la puerta trasera y cuidadosamente apoyó la caja en su interior para luego asegurarse que no se moviera durante el trayecto. Tomándolo por sorpresa, Coco apareció detrás y con un salto ingresó en la camioneta. Inmediatamente se acomodó en el asiento del acompañante y asomó su cabeza a través de la ventanilla, ansioso por partir. Para Juan, ese perro era una persona más, una persona con quien podía mantener un diálogo y de quien podía escuchar los más sabios consejos.

Luego de cerrar de un golpe la puerta trasera caminó rodeando el vehículo, observando cada una de las cubiertas para asegurarse de que ningún animal las haya dañado. En dos oportunidades había sido víctima de las alimañas nocturnas, que aprovechaban la oscuridad de la noche para morder y destruir los cables y las cubiertas. Todo intacto. Abrió la puerta del conductor y se detuvo un instante para observar la casa.

El sendero terminaba justo al pie de las escaleras de madera que subían dos metros sobre las rocas para terminar en la puerta de entrada. La estructura se levantaba firme teniendo como fondo toda la extensión del mar Atlántico. Las paredes estaban pintadas de color rojo, ya desgastado por el tiempo. En el frente se podían ver las cuatro ventanas, dos de la parte inferior y dos de los cuartos superiores. Sobre el techo a dos aguas reinaba una pequeña chimenea de piedra. A un lado de la casa, pegada a ella, se erguía el viejo faro marítimo que gobernaba la bahía. De color blanco tiza, presentaba heridas provocadas por el tiempo, dejando expuesta su estructura de ladrillos. Tres diminutas ventanas ubicadas de forma discontinua rompían con su forma curva. El faro se elevaba veintidós metros más arriba que la casa para terminar en una pequeña sala redonda con grandes ventanales de vidrio transparente. En el centro, un panel de cristal en ruinas escondía en su interior el gran farol ya desgastado. Tiempos atrás la casa había pertenecido al operador de faro en sus épocas de función, pero Juan desconocía su historia. Del otro lado de la casa descansaba un pequeño bote de madera junto a una casilla pintada de blanco que servía de refugio para sus herramientas y otras cosas que Morales prefería no tener a su alcance. De pie junto a la camioneta, llenó sus pulmones con el aire de la mañana y observó el paisaje en silencio. El cielo completamente despejado le permitía ver toda la extensión de agua que se presentaba ante sus ojos, más allá de las rocas. La danza incesable de las aves contra el cielo azul le recordaba la dicha de estar vivo.

El ladrido inoportuno de Coco desde el interior de la camioneta lo hizo sobresaltar, dio media vuelta e ingresó en la camioneta cerrando tras de sí la puerta con un golpe metálico y seco. El ruido del motor en marcha contrastaba con la paz del entorno natural. De inmediato comenzó a avanzar por el sendero que lo llevaba a la carretera principal. A los lados del camino, la marea comenzaba a dejar paso a la tierra seca, ya que durante la noche y los días de tormenta, la pleamar cubría todo el sendero, dejando la casa aislada.

Sacudiéndose la camioneta dejó atrás el sendero y giró por la ruta rumbo al pueblo. Morales giró su cabeza para echar una rápida mirada a la caja. Todo en su lugar. Coco disfrutaba del viaje asomando su cabeza y dejando flamear su larga y húmeda lengua. A través de su espejo retrovisor, Juan pudo ver la casa que se hundía detrás de la línea del horizonte hasta desaparecer. En una hora, o tal vez menos, estarían en el pueblo.

CAPÍTULO 1

EL VIEJO ALMACÉN

L a Willys 4x4 se deslizaba ruidosamente por la angosta y desgastada ruta patagónica. El camino zigzagueaba entre las pequeñas dunas de aquel paisaje casi desértico. A ambos lados del camino se extendían las llanuras hasta donde la vista podía alcanzar. El sol del mediodía se reflejaba en el asfalto, dibujando ondulantes reflejos distantes. Solitarios arbustos se elevaban a pocos centímetros del suelo rompiendo con la línea casi perfecta del horizonte. A través del vidrio del parabrisas, Juan distinguió a lo lejos los techos irregulares de las casas que formaban parte del pueblo. Situado a más de 150 kilómetros de la localidad de Güer Aike, en la provincia de Santa Cruz, aquel paraje de 40 habitantes no figuraba en ningún mapa. La mayoría de las personas que vivían allí eran pescadores sin familia o personas que decidieron tener una vida aislada del bullicio de la ciudad. Entre ellos se encontraban ancianos, testigos de la prosperidad que otrora poseía el pueblo gracias al trabajo que la actividad pesquera les brindaba. Morales recordaba sus días de trabajo en el taller del pueblo, actividad que lo llevó a conocer a Rodolfo, quien le había dado la bendición de poder disfrutar de la casa del faro, donde hoy vivía.

La camioneta avanzaba más despacio dando tumbos sobre el asfalto quebrado. El sonido del motor se hacía sentir en el silencio del lugar. Un pequeño cartel con letras descoloridas pintadas a mano rezaba "Bienvenidos a Gayau" que en idioma tehuelche significa "canto de familia". Los primeros habitantes del pueblo lo habían bautizado con ese nombre en memoria de las grandes festividades que se realizaban cada año para celebrar la buena pesca. Mientras avanzaba, Morales divisó un puñado de casas arracimado junto a la ruta, que se convertía en la calle principal. Más allá, esa misma vía volvía a convertirse en la ruta provincial, una recta infinita que se perdía en el horizonte.

Morales continuó su marcha lenta levantando polvo a su paso. Miradas curiosas surgían detrás de las cortinas a través de las ventanas. No muy lejos se escuchaban los ladridos de numerosos perros callejeros. Sentado cómodamente a su lado, Coco observaba casi dormido con su cabeza apoyada sobre la ventana. Girando el volante, Juan giró hacia una de las calles laterales, dejando el asfalto para transitar sobre el camino de tierra. Un solitario caballo atado a un poste seguía con su mirada el pasar de la camioneta. Pocos metros después se detuvieron a un lado y, apagando el motor, descendió. Un cartel se mecía a merced del viento, colgado en una de las puertas. Sus grandes letras dibujadas prolijamente a mano rezaba "Almacén". Su estructura no se diferenciaba del resto de las construcciones. Sin moverse de su asiento, Coco siguió con su vista a Juan, mientras se dirigía al almacén. Abriendo la puerta metálica, Morales ingresó

El sonido del "llamador de ángeles" que colgaba sobre la puerta hizo notar su presencia. Un antiguo mostrador de madera se extendía a lo largo del salón, ofreciendo un sinfín de productos sobre él. Latas de conservas de toda clase, paquetes de harinas, polenta, fideos y arroz estaban prolijamente acomodados por grupos. Una innumerable cantidad de botellas de vino y licor reposaban sobre los estantes. Aunque el salón era muy chico, se las habían rebuscado para encontrar el espacio suficiente para acomodar dos mesitas de madera, cada una con dos pequeñas sillas. Sobre una de ellas todavía se encontraba un pocillo de café vacío junto a los restos de un cigarrillo a medio terminar.

El sol se filtraba a través de dos diminutas ventanas, manteniéndolo fresco y a media luz. A los lados, estantes de madera vencidos por el tiempo sostenían el peso de frascos de conservas, jamones, quesos y salamines que colgaban de ellos. En un rincón, una vieja y oxidada heladera mantenía frescas las bebidas y los alimentos. De pie en el centro del salón, Morales observó la pesada balanza de aguja que colgaba de su estructura de acero. Aspirando profundamente, Juan disfrutó del aroma a pan recién horneado que invadía el lugar. Gracias a sus frecuentes visitas, había aprendido a llegar justo a tiempo para disfrutar del pan caliente, recién salido del horno a leña. Y siempre lo conseguía. Golpeó las palmas tres veces, resonando con fuerza dentro del almacén. Inmediatamente la voz de un hombre mayor se escuchó desde el fondo de la casa.

—¡Estoy!

Unos segundos después, un hombre canoso, de

unos 70 años de edad, se asomó detrás de la colorida cortina de flecos que dividía el salón del resto de la casa. Con su mano cubierta de harina, apartó la cortina y con un gesto de sorpresa avanzó.

—¡Juan! —saludó, estrechando su mano con la de él— ¡Qué sorpresa tenerte por acá! ¿Ya ha pasado una semana? Dios... qué rápido que pasa el tiempo. O yo me estoy volviendo más viejo. Perdón por hacerte esperar, como de costumbre llegaste justo mientras sacaba los panes del horno —se excusó, mientras se limpiaba las manos con un repasador de tela-. Dime, ¿qué te trae por estos pagos?

—No hay ningún apuro, Roberto —asintió Morales—. El tiempo pasa y no nos damos cuenta, ¿verdad? Vine a buscar lo de siempre y de paso a traer lo que me había encomendado doña Mabel —dijo, señalando con un gesto la camioneta estacionada frente al almacén.

—Muy bien... —respondió Roberto, volviendo detrás del mostrador— Dame dos minutos y ya estoy con vos. No tardo.

Roberto era un hombre delgado, sus ojos celestes se escondían detrás de gruesos lentes y su cabello cano y prolijamente cortado sobresalía por debajo de una gorra color marrón. En su rostro podía verse las cicatrices de una vida duramente vivida en el mar, y en cada una de sus palabras se podía percibir la sabiduría que esos años le habían proporcionado. Morales disfrutaba escuchar las anécdotas que Roberto le relataba con gran detalle mientras compartían interminables vueltas de mate amargo y tortas fritas. Esas historias increíbles en los barcos pesqueros que surcaban las frías aguas del sur resultaban ser para Juan recuerdos de una vida nunca vivida. Roberto compartía el hogar y las tareas con su esposa Elsa, que difícilmente se hacía presente en el almacén. Elsa pasaba sus días en el interior de la casa, ocupándose de los quehaceres domésticos y de las cuentas. Morales la había visto en un par de ocasiones, su rostro le hacía pensar qué bella mujer había sido durante su juventud.

El sonido de algo rasgando metal obligó a Juan a dirigirse hacia la puerta, para encontrar a Coco detrás de ella, ansioso por entrar. Para su sorpresa, el perro había escapado a través de la ventana trasera, que había quedado abierta. Las visitas al almacén del pueblo era algo que Coco disfrutaba, esperaba con ansias las galletas y algún que otro trozo de jamón que Roberto le regalaba. A la espera del habitual regalo, el viejo pastor alemán se dirigió rápidamente hacia el mostrador y se escabulló por debajo para perderse dentro de la casa.

—¡Coco! —exclamó Morales, pero el animal hizo caso omiso a su llamado. Un instante después apareció Roberto cargando una canasta de mimbre colmada de pan recién horneado. Con cuidado apoyó la canasta sobre el mostrador y, cortando un trozo humeante con sus manos, se lo dio de comer a Coco.

—Dale de comer a este pobre perro —dijo, volviendo a darle otro trozo que el perro tragó de un bocado, casi sin masticar.

—¿En serio?—se extrañó Morales— Este animal come más que yo, se lo aseguro. Y en ocasiones mejor que yo –agregó con una sonrisa.

—Veo… ya veo… —asintió Roberto observando cómo Coco devoraba el último trozo de pan crujiente que había encontrado en el piso. Levantando su mirada sobre los lentes se volvió hacia Juan— Lo de siempre, entonces —le preguntó, dirigiéndose con paso lento hacia un rincón del almacén y, tomando una bolsa de arpillera vacía, volvió al mostrador—. Lamento informarte que las garrafas volvieron a aumentar —le informó en todo bajo. Sacudiendo la cabeza, Morales se acercó para ayudarle a cargar la bolsa con pequeños sacos de harina.

—Lo hacen siempre —dijo— y lo seguirán haciendo, no tengo dudas. Pero no tengo otra alternativa. Hay que cocinar y mantenerse caliente. Usaría leña si pudiera, pero es más fácil encontrar oro que un árbol por estos lugares.

—Eso seguro que sí —agregó el viejo, apoyando la bolsa repleta de harina en el suelo y cerrándola con un nudo en la parte superior—. Mientras sigan abasteciendo a este pueblo olvidado voy a estar tranquilo —agregó. Luego volvió a ingresar en el interior de la casa y casi de inmediato regresó arrastrando una garrafa de gas hacia donde se encontraba Morales.

—Aquí está —le indicó, soltándola frente a él—. Es la última que tengo. Hasta que...

—Hasta que regresen de la distribuidora —interrumpió Juan—. Está complicada la ruta, oí por radio que hay cortes y el gremio está impidiendo que salgan los camiones. Espero que alcance hasta la próxima semana —agregó. De repente, los ladridos de Coco interrumpieron la conversación. De pie tras la puerta de entrada, el perro escuchaba atentamente con sus orejas erguidas. Unos instantes después, el inconfundible sonido del motor de un automóvil se hizo sentir cada vez más cerca, hasta que su silueta apareció detrás de las cortinas del almacén y se detuvo detrás de la camioneta.

A través de las ventanas se alcanzaba a ver un castigado Renault 9 color gris plomo. De forma torpe y pesada descendió un hombre obeso, de alrededor de 60 años de edad, con su rostro parcialmente oculto tras una barba larga y desprolija, vistiendo una camisa celeste y muy ajustada. Con cierta dificultad al caminar, se acercó lentamente a la puerta del almacén. En su costado, colgando de su cinturón, ostentaba su pistola 9mm que descansaba dentro de una curtida funda de cuero. Morales lo conocía bien, aquel hombre se llamaba Jorge Torres, la persona que cumplía la función de "comisario" del pueblo, o por lo menos así se hacía llamar. Abriendo la puerta ingresó al almacén, tratando de sacarse de encima a Coco, que daba vueltas entre sus piernas moviendo su cola frenéticamente.

—¡Buen día a todos! —saludó con su voz grave, sentándose de inmediato en una de las sillas, sin estrechar las manos. Jorge no era una persona muy social. Había vivido toda su vida en Buenos Aires, pero por cuestiones que nunca reveló se vio obligado a llevar una vida más austera en Güer Aike y alrededores. Morales evitaba entablar una conversación con él, sabía que cualquier diálogo terminaría irremediablemente escuchando sus quejas y su pesar por haber dejado atrás una vida de lujos en Buenos Aires. Lo único que sabía era que Jorge vivía no muy lejos de allí, junto a su esposa, aunque su relación con otras mujeres del pueblo era un secreto a voces. Torres se esforzaba poco por cumplir su única función: visitar el pueblo para asegurarse de que todo estuviera en orden. Nunca olvidaba visitar cada una de las puertas para recibir una "atención" de parte de los habitantes por la supuesta seguridad que su presencia les brindaba. Todos sabían que la paz del pueblo era inquebrantable y que su presencia no era imprescindible, pero nunca se habían puesto de acuerdo para relevarlo de su cargo. La única intención de Torres era juntar suficiente dinero para volver a Buenos Aires. Para Morales, esa situación era ajena a él, y evitaba hacer cualquier comentario al respecto.

Silenciosamente, Roberto y Juan contestaron su saludo y continuaron con sus tareas. Jorge se acomodó en la silla que débilmente aguantaba su peso y extrajo una pequeña libreta de su bolsillo.

—Morales... hace tiempo que no sabía nada de usted —intervino Torres frunciendo el entrecejo, al tiempo que extraía una lapicera del bolsillo de su camisa. Su frondosa barba impedía ver el movimiento de sus labios al hablar—. Ha de ser un hombre bastante ocupado. ¿Cómo lo trata la vida? ¿Continúa haciendo esas... estatuas de animales?

—Embalsamados —corrigió Juan, sin apartar la vista de las conservas que Roberto seguía cargando en otra bolsa—. Aquí lo que sobra es el tiempo, Torres. Hay que saber aprovecharlo y disfrutarlo lo mejor que se pueda. ¿Alguna novedad por aquí?

—No, ninguna —respondió Jorge con un gesto de desgano—. Lo mismo de siempre... —Luego de decir esto, continuó en silencio, sin levantar la vista de su escritura. Con un gesto de dolor a causa de su brazo derecho, Juan cargó la bolsa al hombro y se dirigió a la puerta de entrada. La presencia de Torres lo incomodaba y prefería retirarse en lugar de disfrutar los mates que Roberto le ofrecía en cada visita. "Qué mala suerte el haber llegado justo en ese momento, pensaba.

—¡Espere, espere! —le advirtió Roberto, apresurándose para mantener la puerta abierta mientras Juan cargaba las bolsas y la garrafa dentro de la camioneta. Después de haber acomodado todo en su interior, Morales tomó la caja de cartón con el cormorán embalsamado en su interior y volvió a ingresar al almacén.

—Esto es el trabajo para la señora Mabel —le indicó a Roberto, quien tomó cuidadosamente la caja dejándola descansar con cuidado sobre una repisa—. Me pidió si podía estar para hoy, y aquí está. Creo que era un regalo para su hija, que regresaba hoy a Puerto Madryn.

—Excelente. Aunque no pienso abrir esa caja —aseguró Roberto sacudiendo la cabeza—. Sabés que esas cosas me revuelven el estómago. Pero se lo entregaré a Mabel cuando venga. ¿Cuánto es lo que te debe?

—Serían mil doscientos pesos —le informó Juan—. La caja va de regalo.

—Menos lo que estás llevando sería entonces... —Roberto hizo una pausa y continuó— Son doscientos treinta y cinco pesos.

Morales sacó de su bolsillo un pequeño rollo de billetes ajustados con una banda elástica y luego de contar cuidadosamente cada billete le entregó el dinero.

—Esta vez salí perdiendo —le dijo con una sonrisa.

—A veces se pierde... y a veces se gana —interrumpió Jorge desde el rincón, pero nadie le respondió. Roberto abrió su cajón de madera detrás del mostrador y guardó el dinero prolijamente en su lugar. Torres se mantuvo en silencio, sumergido en su escritura. Para Juan era seguro que estaba haciendo cuentas de lo que le restaba para volver a Buenos Aires. De pronto, alzó su cabeza, como acordándose de algo y, con la lapicera en su mano, señaló a Juan.

—Hay alguien que preguntó por vos —le dijo—. Hace unos días en un bar de Güer Aike.

—¿Preguntando por mí? —se extrañó Juan— ¿Quién?

—No tengo idea —negó Torres encogiéndose de hombros—. Me informó un amigo que trabaja en el bodegón de la vieja estación. Andaban buscando a un tal Morales que vivía por aquí, la descripción que daba coincidía en parte con la tuya.

—No tengo a nadie quien me busque —afirmó Juan, frunciendo el entrecejo—. Nadie sabe que estoy aquí, ni amigos, ni familia. Nadie.

Jorge hizo un gesto de indiferencia. Se limitó a continuar con su escritura en silencio. Juan lo miró a Roberto que escuchaba sin decir nada detrás del mostrador, éste le devolvió la mirada con un gesto indicándole que no tenía idea de qué hablaba. Morales cargó en su hombro la última bolsa y con su mano libre estrechó fuertemente la mano de Roberto.

—Que tengan un muy buen día —los saludó, y salió del almacén antes de escuchar cualquier respuesta. Sus ojos tardaron en acostumbrarse a la luz del sol del mediodía. En el interior de la camioneta ya se encontraba Coco esperándolo, en su lugar de siempre, ansioso por regresar. Morales dejó caer la bolsa en el asiento trasero y, sentándose detrás del volante, encendió el motor. A su izquierda, vio a Jorge salir caminando de regreso a su automóvil. En su mente daba vueltas la curiosidad de saber quién había preguntado por su nombre no muy lejos de allí, pero era casi sabido que no era a él a quien buscaban. Avanzó por la calle de tierra y giró para enfrentar nuevamente la desolada ruta que lo llevaría nuevamente a casa.

CAPÍTULO 2

HUELLAS

Los escalones de madera crujían bajo su peso y la pesada bolsa de arpillera que cargaba sobre su hombro. Morales contó los escalones que restaban para llegar a la puerta de entrada. El dolor que sentía en su brazo derecho era una tortura a la que nunca se acostumbraría. "La última", se dijo a sí mismo al tiempo que dejaba caer la bolsa lentamente sobre la mesada de la cocina. Ahora solo restaba acomodar cada cosa en su lugar. Miró el reloj de péndulo que decoraba una de las paredes. Las doce del mediodía en punto. Se dirigió a la puerta de entrada para cerrarla y regresó a la cocina para ubicar en su lugar todo lo que había comprado en el almacén del pueblo. El viejo pastor alemán lo observaba con su ojo sano, siguiendo con su cabeza cada movimiento que Juan hacía, esperando con paciencia infinita que algo comestible cayera a sus pies.

Morales disfrutaba cada momento de su compañía. Recordaba la primera vez que lo había visto, tan pequeño, tan débil y desorientado, esperando a un lado de la ruta, sentado con su cabeza gacha, que alguien lo recogiera. Había sido un milagro verlo esa noche de tormenta, un punto blanco iluminado por los faros de la camioneta; una silueta diminuta recortada en la inmensidad de la noche. A pesar de sus años era un perro saludable y vital. Verlo mover la cola frenéticamente cada mañana al despertar era algo que le provocaba felicidad. Disimuladamente, Juan dejó caer un trozo de carne asada al piso. Coco se relamió y clavó su mirada en aquel trozo de carne, sin moverse, alzó la mirada hacia Juan, como pidiendo permiso. "Comé", le dijo. Antes de que Morales terminase de decirlo devoró la carne asada, volviéndose a relamer, sintiendo el gusto en su boca. Luego, como si nada hubiese ocurrido, continuó sentado, esperando ver caer el próximo bocado.

La última lata de conserva que quedaba en el interior de la bolsa ocupó su lugar en el estante de la cocina, justo a tiempo para preparar el almuerzo. Prendiendo el fuego, Juan llenó una olla con agua y la colocó sobre la hornalla. Luego se dejó caer en una de las sillas para descansar. Aquellos viajes al pueblo lo agotaban cada vez más. Ya no era el joven de antes, ahora los dolores eran cada vez más habituales. Recordaba aquellos días cuando salía bien temprano por la mañana a correr dos, tres, cinco kilómetros a orillas del mar. Ni hablar de su entrenamiento en el servicio militar, cuando lo llevaban al límite, se enorgullecía ante sus compañeros de ser quien más resistencia poseía. Ahora era diferente, la edad y su vida sedentaria lo habían convertido en una persona lenta, que fácilmente se rendía al cansancio.

Inesperadamente a su mente regresó el recuerdo de su amigo Ezequiel, con quien se había anotado voluntariamente en la "colimba" al salir de la "casa común" que los había alojado. Ezequiel era más que un amigo para él, era un hermano de la vida. Juntos habían vivido tantas anécdotas que le era imposible recordarlas todas. A diferencia de él, Ezequiel había llegado a la casa común muy chico, a los 6 años, cuando sus hermanos mayores habían caído presos por drogas y, al no tener padres ni familiares, había quedado solo en el mundo. Para él, la casa común era su hogar. Pero los tres años que estuvieron juntos fueron suficientes para entablar una inquebrantable amistad. Ezequiel había tenido la oportunidad de salir de aquel lugar antes que Juan, ya que había cumplido su mayoría de edad un año antes, pero su decisión fue esperarlo para afrontar la vida juntos. En los pensamientos más profundos de Juan, surgía la terrible idea de que si no hubiese tomado esa decisión tal vez estuviera hoy con vida…

El borboteo del agua desbordando de la olla lo alejó de esos pensamientos. Tomó un paquete de fideos secos y echó un puñado en el agua. Luego, partió trozos de manteca y los colocó en la sartén. Alcanzó un repasador para limpiarse las manos y prendió la radio, previamente sintonizada en su emisora favorita, que en ese momento reproducía una vieja canción de Almafuerte. Con la cuchara de madera revolvió los fideos dentro de la olla al ritmo de la música que resonaba en toda la casa. Pero aún con el sonido en alto, su mente insistía, a su pesar, en recordar su pasado.

Aquella mañana del 28 de marzo de 1982, él y sus compañeros fueron despertados con una noticia que nunca hubieran imaginado. Las órdenes del superior llegaban a sus oídos en forma de gritos exaltados y con un marcado tono nervioso. Deberían estar listos en media hora para partir de inmediato al sur. No hubo tiempo de despedidas ni de pensar mucho en la situación, cada segundo había sido empleado en recoger las pocas pertenencias que pudieron cargar y prepararse para lo desconocido. No había más indicaciones, pero en el aire podía sentirse la tensión y las miradas desconcertadas de todos. Una hora más tarde, se encontraban con sus uniformes verdes en un avión con destino la provincia de Santa Cruz. A su lado y por decisión del destino se encontraba Ezequiel, quien había sido elegido, al igual que él, para pertenecer a ese grupo. Nadie se animaba a decir palabra alguna. El miedo que recorría sus venas era tan fuerte que le impedía pensar con claridad. Armados con poco más que un viejo fusil se enfrentaban a lo desconocido.

El agua en ebullición desbordando sobre la hornalla lo hizo volver nuevamente a la realidad. Volcó los fideos en el colador y una vez escurrida el agua los echó en la sartén junto con la manteca para luego revolverlos lentamente. Enseguida los sirvió en un plato y se dirigió a la pequeña mesita que lo esperaba junto a la ventana de la cocina, donde ya había colocado prolijamente los cubiertos, una servilleta de tela y un vaso con vino tinto a medio llenar. Desde su lugar, podía ver toda la extensión del mar Atlántico sur hasta donde sus ojos podían alcanzar. Tomó un sorbo de vino y, dando gracias a Dios por el plato que tenía en su mesa, comenzó a comer.

El cálido sol de la tarde se reflejaba sobre la espalda de Juan, agachado a un costado del bote, junto a la casilla de madera. Había decidido reparar aquel viejo bote de una vez, impulsado por sus deseos de volver a adentrarse en el mar para probar su suerte en la pesca. "Aquí lo que sobra es el tiempo", recordaba haber dicho, pero siempre, por una causa o la otra, postergaba ese arreglo. Era algo sencillo, un par de tablas de madera se habían desclavado de la estructura principal, cosa que se podía arreglar con un par de clavos nuevos y un martillo. Era eso precisamente lo que estaba haciendo. El viejo bote de madera pintado de blanco con algunos detalles color celeste había sido parte de la casa desde sus comienzos. A pesar de sus años y estar expuesto en la intemperie, la pintura parecía nueva, cosa que Juan consideraba un milagro. A su lado reposaban los dos remos y una cubeta de plástico que se encontraba en el interior.

Desde lejos se escuchaban los ladridos de Coco, traídos por el viento que provenía del mar. Desde donde se encontraba podía escuchar el romper de las olas sobre las rocas y el parloteo de las aves sobrevolando la costa. Ya había transcurrido una hora, pero ese viejo bote estaba quedando en buenas condiciones. Hundirse en esas frías aguas no estaba en sus planes. Recordaba haberlo utilizado por última vez el verano pasado, cuando el fuerte viento y un error de cálculo hicieron que perdiera el control, provocando la avería al golpear contra las rocas. Morales dejó escapar una sonrisa al recordar la cara de Coco dentro del bote cuando sucedió, desde aquel momento entendió el dicho "más asustado que perro en bote."

Un último martillazo de gracia afirmó la pieza en su lugar. Ya estaba listo para navegar. Luego de revisar el estado de los remos los volvió a dejar en su interior. Tomó la cubeta de plástico que los acompañaba y la dejó a un lado. Lentamente recogió el martillo y los clavos sobrantes para acomodarlos en su caja metálica de herramientas. Se puso de pie con dificultad y se dirigió hacia la casilla de madera, con sus puertas abiertas de par en par. En su interior, colados de las paredes, descansaban un par de rastrillos de metal, una cortadora de césped, una red y un puñado de cadenas y cuerdas. A un lado, un sin número de utensilios varios y latas oxidadas. Recostada contra una de las paredes descansaba una bicicleta amarilla casi sin uso. En el fondo de la casilla, escondida en un rincón, podía verse una vieja escopeta y un fusil FAL, junto a sus cartuchos correspondientes. Morales dejó caer la caja de herramientas en su interior y cerró las puertas con el candado, asegurándose dos veces que esté bien trabado. Aquellas armas significaban para él una amenaza y había decidido, desde un principio, que permanecerían en ese cuarto alejado de la casa. Morales era un hombre precavido, ya había tenido suficiente relación con las armas en su vida y, aunque preferiría no tenerlas cerca, nunca había podido hacerse la idea de deshacerse de ellas.

Dio media vuelta y comenzó a subir las escaleras hacia la casa. De pronto se detuvo. A sus oídos llegó nuevamente el ladrido familiar del viejo pastor alemán. Aunque entrecortado por el viento, Juan podía distinguir un ladrido no habitual. No estaba muy lejos de ahí. Era evidente que algo había llamado su atención. Conocía tan bien a aquel animal que podía distinguir su forma de ladrar y el tono con que lo hacía. Descendió nuevamente las escaleras a paso rápido, dirigiéndose por detrás de la casa hacia la costa.

Abriéndose paso entre las piedras, Morales descendía lo más rápido que podía para llegar hasta la costa. Una extensión de casi cincuenta metros de gravilla marcaba el límite de la tierra para dejar paso a un infinito mar calmo de intensas tonalidades azules. El ladrido continuo de Coco se hacía cada vez más fuerte, guiándolo hacia donde se encontraba. Veinte metros más lejos pudo distinguir su silueta y apuró el paso, acercándose junto a él. Al verlo, el pastor alemán hizo silencio y clavó su mirada hacia una zona rocosa de la playa. Juan lo observó en silencio. Coco lo miró a los ojos y volvió a dirigir su vista hacia ese lugar. De forma silenciosa, Juan se agachó tomando una piedra del tamaño de su puño y comenzó a acercarse lentamente hacia ese sitio. "Tal vez sea un animal", pensó. Coco se adelantó corriendo y desapareció detrás de la roca. Juan comenzó a correr detrás de él y, asomándose detrás de la roca, alzó su mano con la piedra en alto.

Nada.

Agitado por la corta carrera, bajó su brazo observando a Coco que olfateaba tranquilamente el suelo húmedo y frío entre las rocas. Alzó la vista observando a su alrededor, tratando de encontrar la causa de sus ladridos, pero las aves en el cielo y el romper de las olas en la orilla era el único movimiento en el lugar.

—¡Vamos! ¡A casa!

Envidioso de la vitalidad de aquel animal, Morales dejó caer la piedra y comenzó su lento regreso por la orilla del mar. A lo lejos sobresalía la parte superior del faro y, detrás de él, el techo a dos aguas de la casa. No había percibido cuán lejos se encontraba, no recordaba haber caminado tanto. La gravilla húmeda se hundía bajo sus pies dejando pequeños charcos que marcaban su recorrido. Podía ver el camino que había recorrido unos minutos atrás cuando, de pronto, notó algo que lo sobresaltó. Se detuvo y, agachándose al ras del suelo, observó más detenidamente.

Huellas.

Por un momento contuvo la respiración. Podía distinguir perfectamente que no eran las de él. La humedad del suelo le hacía saber que habían sido hechas no más de media hora atrás. "Ese viejo perro tenía razón", pensó. Se reincorporó y llevó su mano extendida sobre sus ojos para ver mejor. Nada. Comenzó a seguir esas huellas que lo alejaban de la costa. ¿Era probable que fuera un pescador o algún viajero perdido? ¿Algún turista desorientado? Sus pensamientos trataban de encontrar una explicación razonable, pero no la podía encontrar. Esa zona estaba muy alejada de todo y de todos. Si alguien había llegado hasta allí era muy probable que estuviera perdido. Más aún estando solo. Al subir una pequeña loma pudo ver las huellas perderse entre la vegetación. Se detuvo.

Escudriñó minuciosamente el suelo para encontrar la continuidad de las pisadas, pero fue en vano. Alzó su mirada sólo para lamentarse de estar más lejos de su casa. Con un par de palmadas se limpió la tierra de sus manos y emprendió el viaje de regreso. Debían ser ya las cinco de la tarde, era hora de tomar una buena siesta, ya había tenido demasiado movimiento por hoy.

CAPÍTULO 3

EL CUERPO

La tormenta de verano caía en forma de grandes gotas que humedecían hasta los huesos. Martillaban sobre el techo acanalado del viejo faro, bajando con un rugido ensordecedor por las canaletas para luego esparcirse sobre el suelo formando grandes charcos. Juan Morales suspiró y miró fijamente hacia el horizonte a través de los ventanales de vidrio sobrevivientes del paso del tiempo. Sentado en su vieja y cómoda mecedora de madera, disfrutaba las noches de verano en ese pequeño sitio, desde donde podía gobernar toda la extensión de tierra y la inmensidad del mar que se extendía hasta donde sus ojos alcanzaban a ver. A lo lejos, en el distante horizonte, las luces de los barcos pesqueros detenidos mar adentro simulaban estrellas caídas del cielo que se mantenían a flote sobre el nivel del mar.

La luz tenue de su farol a queroseno era suficiente para iluminar las amarillentas hojas del libro que sostenía en sus manos. Morales había aprendido a disfrutar de la lectura en el silencio de la noche, pero el ruido de la lluvia que azotaba el faro esa noche le impedía concentrarse en su lectura. Morales suspiró y se rindió a la idea de seguir leyendo. Cerró el libro y lo apoyó sobre el piso, a un lado. El dolor de su vieja herida se hizo presente nuevamente traído por aquel movimiento. Con un gesto de dolor se tomó el brazo con su otra mano y observó la cicatriz, testigo de aquel momento que lo había marcado para siempre. Alzó nuevamente la vista para ver el inmensurable horizonte, solo interrumpido por el reflejo de la luz sobre las gotas de lluvia que caían veloces desde el cielo.

—¡Eze! —gritó Morales, agachado dentro de la fosa húmeda y fría. A su lado, Ezequiel se encontraba concentrado en su tarea, ajeno al estremecedor ruido del impacto de las bombas no muy lejos de donde se encontraban. Sus botas se hundían en el denso barro debajo de sus pies, pero toda su atención estaba puesta en la línea de fuego, unos metros más adelante. Luego de un silbido rasante, la tierra volvió a temblar y las esquirlas pasaron veloces sobre sus cabezas, justo antes de escuchar la estruendosa explosión de la bomba. Inmediatamente después un silencio atroz. "Todavía estamos vivos", pensó Juan.

—¡Ezequiel! —Morales comenzó a arrastrarse lentamente hacia donde se encontraba. Era evidente que desde su posición no podía oírle.

Tres días atrás habían partido de Tierra del Fuego luego de un fuerte abrazo de despedida de su teniente. Los habían denominado Batallón de Infantería N°5, pero para él era un grupo de compañeros en quienes habían puesto sobre sus hombros una gran responsabilidad. Jóvenes con quienes había convivido los últimos días, compartiendo comida y techo, padeciendo el frío de las noches y las heladas madrugadas. A lo lejos se alcanzaban a ver las ambulancias que luchaban por atravesar el campo de batalla sin ser impactadas. Hasta aquel momento, parecían ser invisibles al enemigo. Morales observó a su alrededor, la escena no podía ser más desgarradora. El silbido característico de las bombas antes de impactar les hacía pensar que cada segundo podía ser el último. Habían visto morir muchos de sus compañeros y muchos más desconocidos que, como ellos, estaban luchando por una misma causa. Despertaba en ellos la conciencia de lo poco que habían vivido y pensar en lo mucho que podían haber vivido; haciéndolos madurar de un golpe para afrontar esta devastadora situación. Juan cerró la cantimplora y extendió su mano para devolvérsela a Ezequiel.

—Estamos cerca —le informó casi susurrando. El peso del fusil FAL en sus manos era cada vez mayor. Sus oídos ya se habían acostumbrado a los sonidos de la guerra y podía saber cuándo una bomba caería cerca con solo escuchar el tono del silbido. Por supuesto, eso no le serviría de nada llegado el caso de enfrentar su final. No muy lejos de allí podían escucharse el clamor de sus compañeros pidiendo ayuda. Heridos en el fragor de la batalla, esperando ser rescatados y alejados del lugar. Los desgarradores gritos pidiendo por sus madres le hacían estremecer hasta los tuétanos.

—¡Tenemos que replegarnos! —exclamó Ezequiel, cargando sobre su espalda el equipo de comunicaciones, donde recibían órdenes directas de los superiores. Luego de hacer correr la voz comenzaron a replegarse lentamente, dejando atrás la fosa que los protegía de la artillería enemiga. De pronto y sin previo aviso, una luz enceguecedora lo obligó a caer de cara al piso. Un sonido agudo y doloroso invadió sus oídos. Completamente desorientado comenzó a reincorporarse. El mundo daba vueltas a su alrededor. El humo y la tierra comenzaron a disiparse para dejar ver una escena terrible. Los cuerpos de tres compañeros yacían a pocos metros de un gran cráter, mutilados por el impacto y la explosión. Juan quedó inmóvil, observándolos, recordando todos los proyectos y sueños que horas atrás le habían confesado cumplir al terminar la guerra. Un frío estremecedor recorrió su cuerpo y el sonido de la batalla nuevamente se hizo sentir en sus oídos. Sin tiempo para pensar, se tiró cuerpo a tierra y, arrastrándose sobre el barro, se dejó caer nuevamente dentro de la fosa. Un calor invadió rápidamente su pierna izquierda y, al observarla, pudo ver la esquirla de metal de diez centímetros incrustada en su carne. Respiró profundo y trató de evitar pensar en el dolor que se hacía cada vez más intenso. "Ezequiel", pensó. Giró su cabeza, con la esperanza de encontrarlo a su lado.

Allí estaba.

A no más de dos metros de él, Ezequiel murmuraba de rodillas una oración. Su casco cubría la mitad de su rostro agachado entre sus piernas. Con dolor, Morales se acercó arrastrándose y lo sacudió fuertemente.

—¡Tenemos que irnos de acá! —exclamó.

Para su sorpresa, una sospechosa calma invadió el campo. La incesante balacera había dejado lugar a un silencio de muerte. Lentamente Juan se asomó al nivel de la tierra, para observar a lo lejos al enemigo, que se alejaba. Luego de un gesto de afirmación, Ezequiel ayudó a Juan a ponerse de pie y lentamente caminaron hacia donde la fosa se elevaba para poder salir. Apoyado sobre el cuerpo de su amigo, Morales avanzaba cada vez con más dificultad. Podía sentir su sangre cálida escurrirse por la pierna. Se detuvo un instante.

—Necesito hacerme un torniquete —le dijo, aguantando el insoportable dolor que lo paralizaba—. Si no lo hago me voy a desangrar antes de llegar.

Sin perder más tiempo, Ezequiel lo ayudó a armar un torniquete improvisado con un trozo de tela que se había arrancado del uniforme. Con un grito ahogado, Juan lo apretó con toda su fuerza alrededor de su pierna, sobre la herida. Al ver el trozo de metal, daba gracias a Dios de estar vivo luego del impacto. Suerte que sus demás compañeros no pudieron tener. Volvió a ponerse de pie y, con un brazo sobre el hombro de Ezequiel, reanudaron la marcha. A lo lejos podía verse la ambulancia. De pronto, una sombra apareció delante de ellos.

Un inglés.

Aquel joven, tal vez de su misma edad, los observaba en silencio, apuntándoles firmemente con su fusil; su rostro estaba parcialmente oculto tras un pasamontaña negro que sólo dejaba al descubierto la nariz y sus ojos. Exclamó unas palabras en su idioma, palabras que Morales no supo entender, pero su intención era evidente. "Vino a ver si había sobrevivientes", dijo Juan por lo bajo. Lentamente, sin movimientos bruscos, los dos tiraron sus armas al suelo y se arrodillaron con cuidado. Con un gesto de dolor Juan se sentó con su pierna extendida contra un lado del pozo, sin sacar su vista del cañón del fusil que le apuntaba directamente. Observando a su alrededor, no había nadie cerca para ayudarlos. El inglés bajó de un salto al interior del pozo y, sin motivo alguno, gatilló el arma.

El disparo impactó con toda su potencia en el brazo de Morales, desgarrando el uniforme, por donde brotó de inmediato su sangre. Gritando de dolor, se recostó tomando su brazo. El penetrante dolor le impedía pensar con claridad. A pesar de la presión que ejercía, la sangre se escapaba entre sus dedos. Con sus ojos entrecerrados, pudo ver al inglés acercarse aún más.

Ezequiel hizo un intento por acercarse a Juan, pero recibió una fuerte patada en las costillas, cayendo de lado contra la pared de tierra. Inmediatamente después, el inglés se dirigió hacia donde Juan se encontraba, para apoyar la punta del cañón sobre su frente. Morales lo escuchó murmurar unas palabras en inglés cuando, de pronto, vio a su amigo extraer un revólver de su cintura y apuntarle.

El resplandor del arma de Ezequiel acompañó el estruendo del disparo que impactó de lleno en la rodilla de aquel joven inglés quien, a pesar de todo, se mantuvo de pie. El disparo hizo caer el arma de las manos temblorosas de Ezequiel, motivo que le dio tiempo al inglés de dar media vuelta y dispararle. Morales cerró los ojos. "Hasta siempre, amigo", dijo en voz baja. Quedó inmóvil, escuchando la ráfaga de disparos impactando contra el cuerpo de aquel quien había sido su única compañía los últimos años, aquel que ahora yacía en el barro, con sus ojos abiertos, perdidos en el cielo gris.

Inmediatamente después, el inglés cae al piso. Su rodilla estaba destrozada. En un intento por ponerse de pie apoyado en su fusil, vuelve resbalar para caer nuevamente en el suelo lodoso. Morales reaccionó de inmediato y, sin dudarlo, se acercó y luego de tomar su arma apuntó directamente a su cabeza. La impotencia que sentía le hacía superar el dolor de su brazo, con el que ahora estaba sosteniendo firmemente el pesado fusil. El joven quedó inmóvil. Morales podía observar una mirada de terror debajo de su casco. Comenzó a temblar, balbuceando unas palabras en su idioma. Tal vez una oración, tal vez una súplica de piedad, o tal vez una maldición. Sin dejar de apuntarle, Juan vio al inglés retroceder lentamente, paso a paso, hablando en voz baja palabras inentendibles. Retrocedió hasta llegar al final de esa fosa de muerte. Sin sacar su mirada de Morales, que continuaba apuntándole, el joven retrocedió aún más. Luego de interminables segundos, dijo unas palabras y desapareció de su vista. Juan mantuvo su brazo en alto, apuntando hacia el lugar donde el inglés se había ido, para luego desplomarse en el piso. No había tenido el valor de dispararle. Había visto mucha muerte ya. A pesar de todo, no pudo terminar con su vida. Solo recordaba sentir la lluvia helada golpear contra su rostro y el sonido de la ambulancia que se hacía cada vez más fuerte.

La visible cicatriz en su brazo y el dolor que le provocaba le hacían recordar cada día lo vivido, como una maldición de la que nunca podría librarse. Unos días después de lo ocurrido le entregaron los pasajes para regresar a Buenos Aires, pero había decidido quedarse en Santa Cruz para vivir una vida alejada de todo, de todos.

La lluvia había cesado casi por completo, convirtiéndose en una tenue llovizna. En el cielo podían observarse algunas estrellas asomándose tímidamente entre las nubes. Morales se puso de pie, acercándose a los ventanales para darle una última mirada al mar desde lo alto. Abrió la ventana para sentir el viento fresco proveniente del mar con su aroma característico y, cerrando los ojos, dejó caer en su rostro las últimas gotas de lluvia. Volvió a suspirar profundamente y recorrió con la vista toda la extensión de la costa. El resplandor de la espuma del mar al romper contra las piedras formaba una escena irreal en la noche oscura. De pronto, sus ojos se detuvieron en un punto. Trató de enfocar la vista en aquella roca, a pocos metros del faro. Había algo ahí que le llamaba la atención. Algo...

Comenzó a descender rápidamente por la escalera de espiral. Abrió la puerta que comunicaba con la casa y, dejando el farol sobre la mesa, fue a buscar una linterna que guardaba en su habitación. Rápidamente abrió la cerradura y el candado de la puerta principal y salió para sumergirse en la oscuridad de la noche. El perro se sentó en la entrada, observando a Juan perderse detrás de las rocas, hacia la costa.

La luz de la pequeña linterna a pilas se abría camino entre la oscuridad de la noche. Estaba casi seguro de lo que había visto. Iluminando el camino, Morales trataba de encontrar la roca que había visto desde el faro. Se acercó más y comenzó a subir sobre una formación rocosa para alcanzar el lugar exacto. Alzó la mirada para ver el faro que se levantaba a su espalda para comparar el punto de vista y continuó inspeccionando el terreno. De pronto se detuvo, en silencio.

Una voz.

En ese momento sintió temor. Estaba seguro que había escuchado una voz, pero el sonido de las olas rompiendo contra las rocas y su imaginación tal vez le había jugado una broma. Continuó avanzando hasta que, de pronto, lo vio.

Un cuerpo.

Recostado sobre una roca se encontraba el cuerpo de un hombre delgado, completamente mojado e inmóvil. Morales comenzó a correr hacia donde se encontraba. Al llegar, dejo a un lado la linterna apuntando hacia su rostro. Levantó su mano para tomarle el pulso. Estaba inconsciente, pero vivo.

CAPÍTULO 4

EL HUÉSPED
INESPERADO

Sus pies avanzaban rápidamente dejando a su paso profundos charcos en la tierra húmeda y resbaladiza. Pocos metros más adelante se alzaban las escaleras de madera que lo conducirían a la entrada de la casa, cuya puerta había permanecido abierta desde su salida. Media hora había transcurrido desde el momento en que había cargado aquel hombre inconsciente sobre sus hombros. El afán por mantenerlo con vida lo había obligado a realizar un esfuerzo sobrenatural para llevarlo consigo a la calidez de la casa. El viento proveniente del mar pegaba con fuerza contra su cuerpo haciendo más difícil la tarea. Paso a paso, escalón por escalón, ascendió hasta llegar a la puerta de entrada. Coco lo observaba desde el interior, retrocediendo con cautela mientras Morales se adentraba hacia su habitación. Al llegar, dejó caer el cuerpo sobre su cama y lo observó detenidamente bajo la luz de su farol de noche.

A través de la espesa barba que cubría parcialmente su rostro, Morales notó que el hombre tendría aproximadamente su misma edad. Su cuerpo delgado yacía inmóvil sobre la cama. Su rostro de tez blanca presentaba una profunda cicatriz que se extendía a lo largo de su mejilla izquierda. Juan extendió la mano y delicadamente quitó el gorro de lana de su cabeza para descubrir su cabello castaño y cortado casi al ras. Estaba vestido con pantalones jean desgastados y un abrigado pullover de lana negro. Calzaba un par de botas de goma negras cubiertas de lodo.

Luego de cerrar la puerta de entrada, Juan se dirigió al pequeño hogar que gobernaba la sala de entrada y encendió los trozos de leña. Una sobrecogedora calidez invadió de inmediato toda la casa. Con movimientos lentos comenzó a quitarle toda la ropa húmeda, evitando despertarle. Sus brazos estaban cubiertos por extraños tatuajes de dibujos excéntricamente complejos y de gran detalle. "Pescador", pensó Juan mientras le extraía las botas y las medias húmedas para luego colgarlas cerca del hogar. Revisó los bolsillos, pero todos estaban vacíos. Por alguna razón, pensó, habría caído de uno de los barcos pesqueros que navegaban mar adentro y la marea lo había depositado sobre las rocas. Tuvo suerte de haberlo visto en la oscuridad de la noche, de otra manera hubiese muerto de hipotermia en pocos minutos. Morales lo cubrió con su frazada y, acercando una silla, se sentó a su lado para observarlo con la esperanza de que despierte en cualquier momento.

Un fuerte dolor de espalda lo despertó. Abrió sus ojos para ver el reloj sobre la pared. Las cinco y media de la mañana. Comprendió que se había quedado dormido sentado en la silla de madera. Inmediatamente dirigió su mirada hacia la cama, donde el extraño continuaba en la misma posición, con sus ojos cerrados. Morales fijó su mirada en el pecho. "Respira", se dijo a sí mismo. Apoyó suavemente el dorso de su mano sobre la frente del hombre. No presentaba signos de fiebre alguna. A un lado de la cama, el viejo pastor alemán observaba detenidamente el cuerpo del extraño, como lo había hecho durante toda la noche. Morales se puso de pie y caminó hacia a la cocina para prepararse algo caliente para tomar. Los leños del hogar se habían extinguido, pero el lugar se mantenía cálido. Los primeros rayos del amanecer aparecían sobre la línea del mar para filtrarse entre las ventanas. El ladrido de Coco rompió el silencio que reinaba en toda la casa. De inmediato, Juan se reincorporó y con su taza de té en la mano se dirigió rápidamente hacia la habitación. Al llegar, pudo ver al hombre sentado en el borde de la cama, con su cabeza gacha, en silencio. Coco, de pie frente a él, seguía con su mirada cada uno de los movimientos. Morales lo apartó y acercando la silla volvió a sentarse a su lado. Colocó la taza humeante sobre la mesita de noche y apoyó su mano sobre el hombro del extraño.

—¿Se encuentra bien? —le preguntó— Lo encontré inconsciente sobre las rocas… —Esperó unos segundos, pero no recibió respuesta alguna— Tome —le dijo, acercando la taza de té a sus manos—. Esto le hará bien. Está caliente.

El extraño tomó la taza con sus dos manos y se la llevó lentamente a la boca. Mientras bebía, observó detenidamente todo a su alrededor, muebles, paredes, techo, para volver su vista hacia Juan.

—Gracias…

De inmediato volvió a tomar otro sorbo de té. Juan pudo notar un tono extraño en su voz, un tono que no podía distinguir bien. En aquellos barcos pesqueros trabajaba una gran variedad de inmigrantes que, por poco dinero, arriesgaban sus vidas en la ardua tarea de pescar mar adentro. Las aguas del Atlántico sur eran muy peligrosas y pocos hombres se arriesgaban a tomar ese trabajo que, en ocasiones, cobraba la vida de muchos. La paga no era mala, pero no ofrecían garantías de sobrevivir al finalizar cada jornada.

—¿Se acuerda lo que le sucedió? —preguntó Juan extendiendo su mano para tomar la taza que regresaba vacía. El extraño quedó en silencio un largo rato, con la mirada perdida. Luego, regresando su atención hacia Juan, suspiró profundamente.

—No —respondió—. No recuerdo nada —. Cerró los ojos y respiró profundamente una vez más.

—Recuéstese —le indicó Morales ayudándolo a cubrirse—. Descanse, le hará bien. Ya habrá tiempo para que recuerde. Ahora solo debe tratar de recuperarse. Puede llamarme si necesita algo.

Juan cerró aún más las ventanas de madera para mantener el lugar a oscuras y cálido. Se puso de pie y regresó a la cocina para prepararse otro té. Giró su cabeza para ver a Coco, que continuaba con su guardia inquebrantable frente al extraño. Quién sabe en qué situaciones se había encontrado para haber terminado a merced del mar aquella noche de tormenta. Verlo desde el faro, en la oscuridad, había sido un milagro que salvó su vida. Morales no podía esperar a conocer su historia. Colocó de nuevo la pava sobre el fuego y observó el amanecer a través de la ventana de la cocina. Aquel día le sería imposible ausentarse de la casa.

No podía dejarlo solo en la casa. Debería quedarse a su lado el tiempo que sea necesario para que se recupere y, llegado el momento, llevarlo hasta el pueblo para que regrese a su hogar, si es que lo tenía.

Colgada sobre las sillas, a un lado del hogar, la ropa del inesperado visitante estaba ya seca. Juan la dobló prolijamente y, con ella en sus manos, subió las escaleras. Ingresó a la habitación superior y abrió las ventanas. Por primera vez en semanas la luz del día invadía el cuarto casi vacío. Sacudió el polvo sobre la mesita a un lado de la cama y apoyó la ropa en ella. Miró a su alrededor. Había demasiado polvo acumulado allí. Bajó nuevamente las escaleras y regresó trayendo consigo la escoba, una pala y un agujereado trapo de piso húmedo con el que repasó el piso de la habitación. "Ahora sí", pensó, mientras observaba orgulloso las condiciones en que había dejado el cuarto. Por su mente se cruzó la idea de hacer esa su habitación y dejar libre el cuarto de la planta baja; pero el solo pensar en subir y bajar las escaleras lo alejó rápidamente de ese pensamiento. Cubrió el viejo colchón con un juego de sábanas y colocó prolijamente la almohada en la cabecera. Nunca antes había tenido visitas. Mucho menos de desconocidos. Pero había tenido la oportunidad de convivir con el viejo Rodolfo, otrora dueño de la casa y último morador de esa habitación, donde había vivido hasta el último de sus días. Muy dentro de sí, Juan sabía que ese era el motivo verdadero por el que se negaba a dormir en ese cuarto. Cerró la puerta detrás de sí y, descendiendo las escaleras, se sentó en la cocina. Desde su posición alcanzaba a ver su habitación y la cama en ella, donde el extraño continuaba durmiendo. En el piso, a un lado de la cama dormía Coco, vencido por el sueño. Morales bostezó y estiró sus brazos. No había dormido casi nada en toda la noche. Miró el reloj sobre la pared. Las cuatro de la tarde. Tenía que encontrar la manera de matar el tiempo. Miles de improbables historias se le cruzaban por la mente tratando de encontrar una explicación de la aparición del hombre sobre las rocas. Repentinamente, recordó haber dejado el libro que estaba leyendo en el faro. Se puso de pie y, abriendo la puerta de la cocina que comunicaba con el faro, subió las escaleras en espiral para buscarlo.

La poca luz que ingresaba por la ventana sumado al cansancio de sus ojos, hicieron que Morales desistiera de leer aquel libro. Luego de apoyarlo sobre la mesa, observó a través de la ventana, viendo el sol ocultarse lentamente detrás del horizonte. Con un largo y silencioso bostezo se puso de pie y comenzó a buscar los elementos para preparar la cena. Había sido un día largo y no veía la hora de acostarse para poder descansar, pero el hecho de tener un extraño dentro de la casa lo incomodaba demasiado. Una vez que la cena estuvo lista, se dirigió hacia la habitación donde el inesperado huésped se encontraba aún durmiendo. Se acercó y, empujándolo suavemente, trató de despertarlo sin éxito. Quedó observándolo unos segundos más, tratando de decidir si era mejor despertarlo para que pueda comer o dejarlo descansar hasta el día siguiente. Decidió regresar a la cocina y, sirviéndose un plato, se sentó a cenar. Le resultaba extraño comer sin ver a Coco a su lado, pero el perro continuaba recostado a un lado de la cama, sin mostrar ningún interés en el aroma de la comida.

El ladrido repentino de Coco hizo caer el tenedor que Juan tenía en su mano. Se puso de pie e inmediatamente se dirigió a la habitación.

Había despertado.

—¿Puede ponerse de pie? —le dijo, ayudándolo a sentarse en la cama— Tengo un mejor lugar para usted.

Sin responder, el hombre se puso lentamente de pie y, ayudado por Morales, subió las escaleras entrando en el cuarto superior. Observó todo detenidamente, como buscando algo; luego se recostó en la cama, con su espalda contra la pared.

—No sé cómo agradecerle todo lo que está haciendo por mí —dijo—. Voy a recompensarle de alguna manera todo esto. Usted es muy amable.

—No se preocupe —le respondió Morales, sin dejar de acomodarle las sábanas—. Primero recupérese bien, mañana será otro día. Tengo un plato de comida, no sé si usted…

—Por favor —le interrumpió—. Se lo agradecería mucho. No recuerdo la última vez que he comido.

Un instante después, Juan regresó con un plato colmado de polenta humeante, el cual colocó sobre la mesita de madera a un lado de la cama.

—Aquí se lo dejo —le indicó—. Cualquier cosa que necesite no dude en llamarme, estoy abajo.

—Muchas, muchas gracias… —le agradeció—. ¿Cuál es su nombre?

—Juan —le contestó—. Juan Morales.

—Morales… —repitió, mirándole unos instantes a los ojos, cosa que incomodó levemente a Juan—. Gracias por tenerme en su casa.

Juan no contestó. Salió de la habitación y bajó las escaleras para regresar a la cocina. Coco continuó con su guardia ahora situada frente a la puerta del cuarto superior. En su mente, Morales trataba una y otra vez reconocer el acento de aquel hombre. Hablaba perfectamente español pero tenía un acento particular que no podía definir. Sólo esperaba que pudiera recobrar la memoria para saber qué le había sucedido y en qué circunstancias había llegado hasta allí. Nunca antes había oído de alguien que haya sido arrastrado por la marea hasta la costa, y hubiese sobrevivido. Las aguas en esa latitud son muy frías, aún en verano, como para que alguien sobreviviese más de media hora a la deriva. Mucho menos sobrevivir a la fauna que habitaba el mar. Había muchas preguntas sin respuestas en su mente, pero solo podía limitarse a esperar. Esperar oír su historia.

—Juan… —se escuchó la débil voz del hombre llamándolo. Morales subió las escaleras una vez más e ingresó al cuarto.

—Estaba muy rico —asintió el hombre con su acento particular—. Muchas gracias.

—Me alegro que así sea —le respondió, tomando el plato vacío junto con los cubiertos—. Ahora descanse, si necesita algo llámeme, ¿sí?

Dio media vuelta para dirigirse a la puerta pero una mano lo tomó fuerte, cosa que lo hizo retroceder. Giró de inmediato su cabeza. Aquel hombre lo sostenía del brazo.

—Steve —le dijo, mirándolo fijamente—. Mi nombre. Es Steve —dicho esto, soltó su brazo y se acomodó en la cama y, dándose media vuelta, se cubrió para quedar en silencio. Morales no respondió. Quedó observándole unos segundos y, luego de tomar el farol a queroseno, bajó las escaleras. El perro se recostó en el piso, frente a la puerta de la habitación que ahora permanecía a oscuras; respiró profundamente, con su mirada fija en aquel inesperado huésped.

CAPÍTULO 5

AISLADOS

El sonido penetrante del disparo taladró los oídos de Morales, obligándolo a cerrar los ojos. Casi inmediatamente una sensación ardiente recorrió todo su brazo para convertirse luego en dolor, un dolor que no había experimentado nunca antes. Se estremeció al ver el cálido líquido rojizo que comenzaba a empapar su uniforme, escurriéndose a través de su brazo para mezclarse con el lodo bajo sus pies. Apartó su mano para ver la herida, de la cual emanaba su sangre sin control. Trataba en vano de presionar el lugar del impacto. Se estaba desangrando. Poco a poco comenzó a sentir sus piernas debilitarse. Vio acercarse el piso rápidamente hacia su rostro para luego sentir el lodo helado y el sabor de la tierra mojada en su boca. Envuelto en lodo y sangre, su propia sangre, escuchó pasos acercándose. Sin fuerzas para moverse, alzó la mirada para ver la silueta que se elevaba hacia lo alto tapando el cielo gris. Sintió el frio metal del cañón presionar con fuerza sobre su frente. El característico sonido del gatillo llegó a sus oídos, justo antes de escuchar el estruendo ensordecedor.

Morales se reincorporó sobresaltado, enredado en las sábanas completamente empapadas en sudor. Respirando de forma profunda y agitada, trató de acostumbrar sus ojos a la oscuridad de la habitación. El reloj marcaba casi las ocho de la mañana. Se había quedado dormido. Por un instante quedó en silencio, sentado al borde de su cama, en un intento desesperado de borrar de su mente las imágenes que lo atormentaban. Por alguna extraña razón, se habían hecho cada vez más frecuentes. Se puso de pie y lentamente se calzó las alpargatas para dirigirse hacia la cocina. Se detuvo.

El huésped.

Por un momento lo había olvidado. El hecho de tener una persona en su casa después de tantos años viviendo en soledad le resultaba casi irreal. Respiró hondo y, desperezándose, tomó su bata y subió las escaleras. La casa permanecía en penumbras. La luz tenue del sol de la mañana trataba en vano de escabullirse entre las hendijas de las ventanas de madera. Coco alzó la cabeza al ver a Juan subir las escaleras; de pie al borde de ella, montaba su propia guardia. Juan ingresó a la habitación y, tratando de hace el menor ruido posible, abrió la ventana, dejando la luz del día ingresar en su interior. Giró la cabeza para ver la cama.

Vacía.

Salió de la habitación y bajó las escaleras rápidamente. Dirigiéndose hacia la puerta del baño, la abrió de un golpe para descubrir que no había nadie en su interior. El candado y la cerradura de la puerta principal aun estaban como él mismo lo había dejado la noche anterior. ¿Será posible? Miró a su alrededor y volvió a subir las escaleras. Con un golpe seco abrió la puerta de la otra habitación. Allí estaba el hombre. A pesar de la oscuridad del cuarto, su silueta se recortaba contra la poca luz que se filtraba a través de la ventana. Trató de llamarlo por el nombre, pero no lo podía recordar. De pronto…

—¡Steve! —exclamó, aliviado de haber podido recordar el nombre de aquel hombre que continuaba de pie frente a la ventana, dándole la espalda.

Al escuchar el llamado, el extraño giró lentamente. El rostro de Morales se transformó por completo. Cubierto por la frazada que cubría su cama, alcanzaba a ver su mano y el reflejo de luz que provenía del cuchillo que sostenía con ella. Como si entendiese la situación, Coco comenzó a gruñir amenazante. Juan retrocedió lentamente.

—¿Qué está haciendo? —le preguntó, con tono exaltado.

El hombre notó de inmediato el rostro perturbado de Juan y su vista clavada en su mano derecha.

—Perdón —dijo, apoyando el cuchillo lentamente sobre la mesa—. Me desperté temprano hoy y no quise molestarlo. Mi curiosidad me trajo hasta aquí. No fue mi intención asustarlo.

—No se preocupe —respondió Morales, respirando profundamente. Volvió a observar el cuchillo que ahora reposaba sobre la mesa—. Tengo ropa limpia para usted.

—Gracias… —hizo una pausa— Juan, ¿verdad?

—Sí, Juan Morales —aclaró—. ¿Pudo recordad algo de lo que le sucedió?

—Esta mañana desperté y pude recordar casi

todo —le confesó—. Pero no termino de entender cómo llegué hasta la costa.

—Venga —le indicó Morales—. Prepararé el desayuno y podrá contármelo todo.

Vistiendo la ropa de Juan, aquel hombre sostenía firmemente la taza de mate cocido caliente entre sus manos. A su lado, el viejo pastor alemán continuaba atento a sus movimientos, dejando escapar un ladrido cada vez que hacía un movimiento repentino. Morales lo observaba detenidamente, su apariencia había cambiado por completo luego del descanso, una buena afeitada y una larga ducha caliente. Sentado frente a él, miraba con curiosidad cada detalle, concentrándose más tiempo en las numerosas fotos que Morales tenía en las paredes de la casa. Se detuvo en una en particular.

—¿Usted es veterano de guerra? —le preguntó, aunque para Juan el tono de pregunta era casi una afirmación. Dio otro sorbo sin quitar su vista de la fotografía, donde Morales se encontraba posando para la foto en grupo junto a sus compañeros el mismo día que habían arribado a Tierra del Fuego.

—Sí —afirmó Juan dando fin a ese tema—. ¿Entonces qué es lo que recuerda?

Steve apoyó la tasa sobre la mesa y se acomodó en la silla, mirando hacia la ventana.

—Para comenzar mi nombre es Steve Allen —hizo una pausa—. Soy pescador, trabajo para el señor Carlos Lavetti, no sé si usted conoce la empresa…

—No —contestó Juan negando con su cabeza antes de que termine la frase. Aun trataba de reconocer el acento con el que el hombre frente a él hablaba.

No estaba familiarizado con la actividad pesquera en la zona, por lo que cualquier dato al respecto sería irrelevante para él.

—Bueno… él tiene una flota de cinco pesqueros —continuó— Estábamos mar adentro en busca de bancos de calamar cuando la tormenta nos sorprendió —hizo una nueva pausa, respirando profundamente con su mirada perdida—. Recuerdo estar en cubierta, tratando de asegurar todo lo que pudiéramos mientras las olas golpeaban con toda su furia. Recuerdo también ver a dos de mis compañeros salir despedidos por estribor luego de que el agua los arrastrase como si fueran hormigas —tomó la taza de mate cocido y, luego de darle otro sorbo, continuó con su relato—. Me pregunto si habrán corrido la misma suerte que yo.

—Fue un milagro que lo haya encontrado —aseguró Juan.

—Sí… —asintió Steve frunciendo el entrecejo— Un verdadero milagro. Aunque no puedo recordar cómo llegué hasta aquí.

Los dos quedaron en silencio por un largo rato. Steve tomó la última rodaja de pan dejando vacía la pequeña panera y cortó un trozo para dárselo al perro que lo observaba fijamente a un lado.

—¡No! —lo detuvo Morales inmediatamente— No se lo aconsejo, está nervioso por su presencia. Uno nunca sabe…

Steve no contestó, llevó el trozo de pan a su boca observando al perro que continuaba inmóvil con su ojo sano clavado en los suyos. Juan sabía que la presencia de aquel hombre en la casa era para su fiel amigo motivo de preocupación. Coco había transcurrido toda su vida con su única compañía, y compartir la casa con otra persona le resultaba incómodo, amenazadoramente extraño.

—La guerra es algo espantoso —comentó Steve de forma repentina, volviendo a fijar su mirada en el cuadro—. Usted debe saberlo mejor que yo.

Juan asintió con su cabeza, evitando observar la imagen.

—Le aseguro que sí —asintió—. Siempre se pierde. Nunca se gana.

—Estoy totalmente de acuerdo —aseguró Allen cruzándose de brazos—. Las heridas de guerra nunca cierran —agregó—. Lo que se pierde, se pierde para siempre. La guerra... —continuó Steve, recorriendo con su mirada las fotografías sobre la pared —se sabe cuándo comienza, pero nunca cuándo termina. ¿Perdió a alguien en batalla?

—Perdí a muchos compañeros —recordó Juan—. También a un gran amigo.

—Debió haber sido terrible... ¿Esto fue en Malvinas? —preguntó Allen, indagando aun más.

—En Pradera del Ganso —asintió Juan, para ser más exacto—. El 28 de mayo de 1982. Hace ya más de treinta años.

—Treinta años pasan rápido... —aseguró Allen afirmando con la cabeza— Muy rápido.

Juan se levantó de la mesa llevando consigo las dos tazas para lavarlas. Debía poner fin a esa charla que le incomodaba.

—Voy a llevarlo al pueblo más cercano, donde podrá llamar por teléfono a quien desee o tomar el micro hacia Río Gallegos —le informó Morales mientras acomodaba la última tasa—. Pero primero voy a darme una ducha, antes de salir.

Steve trató de ponerse de pie, pero Coco, al ver

su intención, comenzó a gruñir mostrándole los dientes, motivo por el cual Steve abandonó la idea y volvió a acomodarse en la silla. "¡Coco!" gritó Juan sin girar su cabeza. Al escuchar la voz de Morales, el animal retrocedió y se dirigió lentamente hacia la habitación donde, luego de dar varias vueltas sobre sí mismo, se recostó de lado, con su mirada apuntando hacia donde Steve se encontraba.

—Gracias —dijo Steve—. Es un perro muy guardián, debe estar orgulloso de él —Se puso de pie para observar mejor por la ventana. Afuera, el sol de la mañana atenuaba la brisa fría proveniente del mar.

—Puede salir si así lo desea —le dijo Morales.

—Sí, lo haré —contestó Allen—. Necesito sentir un poco de sol en mi rostro.

Abrió la puerta y desapareció tras ella. Juan secó sus manos y, tomando su toallón, se dirigió hacia el baño.

—¡Hermoso día! —gritó Morales por sobre el viento. Cerró la puerta tras de sí y se dirigió hacia la camioneta detenida sobre el camino, frente a la casa. Steve se encontraba sentado sobre una roca a un lado del camino, observando el paisaje que se abría ante sus ojos. Giró la cabeza para ver a Juan bajando las escaleras de madera y depositando una caja en el interior de la vieja Willys 4x4. Se puso de pie para encontrarse con él.

—Puse su ropa dentro de la caja —le informó Juan—. Puede quedarse con lo que tiene puesto, yo no lo necesito.

—Muchas gracias —le agradeció—. Se lo devolveré de alguna manera.

Morales abrió la puerta al tiempo que Steve se acomodaba en el asiento del acompañante. Luego de ponerse tras el volante, Juan introdujo la llave y la hizo girar. Nada. Nuevamente hizo el mismo movimiento sin efecto alguno. Volvió a intentar una tercera vez. El motor estaba muerto. Maldiciendo, descendió y abrió el capot de la vieja camioneta.

—No puede ser… —murmuró una y otra vez. Desde el interior, Steve lo observaba detrás del parabrisas. Morales cerró de un golpe el capot haciendo tambalear la camioneta y se dirigió hacia la ventanilla del acompañante.

—Los cables están destruidos —le dijo—. Están todos roídos.

—¿Se puede solucionar? —le consultó Steve.

—Me va a llevar un par de días arreglarlo —contestó Morales—. Si es que tengo de esos cables para reemplazarlos.

Allen descendió de la camioneta. Quedaron en silencio. Morales se rascaba la cabeza rabiosamente observando la camioneta ahora inútil.

—Voy a buscar las herramientas —dijo, dirigiéndose hacia la casilla. Steve seguía sus pasos. Antes de llegar, dio media vuelta—. Necesitaría que pudiera alcanzarme una caja negra que se encuentra a un lado del hogar. —le pidió a Steve, quien volvió tras sus pasos para subir las escaleras e ingresar a la casa en busca del pedido de Juan. Morales no la necesitaba, pero se rehusaba a abrir el compartimiento en presencia de un extraño. Mucho menos que tuviera la posibilidad de saber la existencia de las armas que guardaba celosamente ahí adentro. Extrajo la caja de herramientas y volvió a cerrar rápidamente la puerta con su candado. Alzando la vista, vio a Steve salir por la puerta con la caja en sus manos. Al verlo venir, notó por primera vez que rengueaba levemente al caminar, pareciera que su pierna izquierda fuera imperceptiblemente más corta que la derecha.

—¿Lo puedo ayudar en algo? —preguntó Steve.

—No, le agradezco —contestó Morales, interceptándolo en camino hacia la camioneta—. Voy a estar un rato largo aquí. Puede recorrer la zona si desea… A decir verdad, no hay mucho para hacer por estos lados…

Steve apoyó la caja a un lado de la camioneta y quedó en silencio observando a Juan preparar las herramientas. Alzó su mirada hacia el faro, observando cada detalle, pensativo. En la puerta de entrada de la casa se encontraba sentado Coco, alerta a todo lo que sucedía.

CAPÍTULO 6

COCO

Las nubes bajas ocultaban parcialmente el sol que se escondía lentamente detrás del horizonte lejano. Los últimos rayos de luz teñían la llanura con un suave resplandor rojizo, dibujando largas sombras sobre la tierra. Morales observó el último destello del día antes de desaparecer, dando lugar a una nueva noche fría en la casa del faro. Tomó en sus manos dos vasos de vidrio y los colocó sobre la mesa, donde Steve se encontraba sentado en silencio, sumergido en la lectura de un viejo libro de guerra que Juan guardaba sobre una de las repisas. Al sentir el sonido del vaso, Steve alzó la cabeza.

—¿Lo puedo ayudar en algo? —preguntó, llegando a oídos de Juan con un notable tono de desgano.

—No, le agradezco —respondió desde la pequeña mesada—. Siéntase cómodo. La cocina es pequeña y me desenvuelvo muy bien en ella.

Steve no respondió, agachó su cabeza y continuó con su lectura. Morales hizo varios recorridos hacia la mesa para ubicar meticulosamente cada elemento sobre ella. Los platos, los cubiertos, la botella de vino y una jarra de agua a pedido de Steve, quien le había confesado no beber alcohol.

—Eso huele muy bien —aseguró Allen, viendo a Juan acercarse con una pequeña olla humeante hacia la mesa, para luego apoyarla con cuidado sobre una tabla de madera. Hecho esto, se acomodó en su silla.

—Espero le guste mi guiso de lentejas —dijo Juan, al tiempo que servía cada plato con el cucharón.

—Si sabe como huele, no le quepa dudas —aseguró Steve, acercando su plato.

Morales acercó aun más su silla a la mesa y cerró sus ojos para orar en gratitud por la cena que tenían sobre la mesa. Una vez finalizada la oración abrió sus ojos, sorprendido por la rapidez con que aquel hombre había comenzado a comer.

—¿Es usted creyente? —le preguntó Juan.

—En ocasiones —respondió Steve, con su boca cargada de comida.

Juan no continuó después de escuchar su respuesta. Había crecido en una familia cristiana, y su experiencia de vida lo había llevado a tener una comunión muy cercana con Dios. La soledad en que vivía había estrechado sus lazos con Él, a quien confiaba cada una de sus decisiones. El hecho de no haber escuchado un "amén" al finalizar la oración lo había molestado un poco.

—¿Hace mucho que vive aquí? —preguntó repentinamente Steve, quien no había mostrado signos de interesarle hasta entonces— Es un lugar muy solitario… alejado de todo.

—Casi veinte años —respondió Morales, sin levantar su vista—. Tengo todo lo que necesito, eso es todo. Un techo, compañía, comida, trabajo, un gran patio trasero…

—¿No se siente solo? —continuó indagando—. Está a más de sesenta kilómetros del pueblo más cercano; si algo llegara a sucederle…

—¿Cómo qué? —interrumpió Morales, perplejo. Se sorprendió al ver el conocimiento de aquel hombre sobre el lugar donde se encontraban. No recordaba haberle dicho exactamente a qué distancia estaban de la población más cercana.

—No lo sé… —continuó Steve— Un accidente, una enfermedad… lo que sea. Veo que tampoco tiene teléfono en esta casa para comunicarse con el pueblo. No sabemos si podrá arreglar esa vieja camioneta. De no ser así sería una larga distancia para ir caminando.

—Como le dije, tengo todo lo que necesito —asintió una vez más Morales—. Tengo tranquilidad, paz, un hobby y una hermosa casa a orillas del mar. ¿Qué más puedo pedir? Pocos tienen la dicha de poder ver los atardeceres como lo hago yo, siquiera sentir el sonido del mar en el silencio de la mañana, o la brisa fresca del mar golpear en el rostro las tardes de verano. Eso, Steve, es algo que no dejaría por nada del mundo —continuó, luego de llevar a su boca otro bocado—. Esa vieja camioneta nunca me ha dejado a pie, y no lo va a hacer ahora, se lo aseguro.

—Veo que disfruta de la vida —dijo Steve, con su mirada sobre Juan, quien continuaba saboreando su cena—. ¿Hay algo de que se arrepienta de no haber hecho?

Morales alzó su mirada en dirección a Steve. Esa pregunta realmente lo había tomado por sorpresa. Por su mente pasaron muchas escenas de diferentes momentos de su vida. No había intercambiado muchas palabras con aquel extraño desde que lo había encontrado, parecía ser una persona reservada, introvertida; pero esa conversación logró incomodarlo con sus preguntas. Al verlo, parecía muy atento a lo que iba a responder, esperando escuchar sus palabras.

—Lo que pasó, pasó —contestó Juan, tomando un sorbo de vino—. Y ya no se puede volver atrás. Vivo cada día, sin mirar atrás, ni cargando el peso de mis equivocaciones. No tengo a nadie a quien responder por ellas, solo a Dios.

Steve lo escuchó atento, en silencio. Morales tomó su plato vacío y echó sobre él una nueva porción de guiso. El aire podía cortarse con un cuchillo. Era notorio que esa pregunta lo había molestado de más.

—Disculpe si mi pregunta lo incomodó —dijo Steve con voz suave—. No fue mi intención...

—Pierda cuidado —dijo Juan—. Cuénteme sobre usted, ¿tiene familia? ¿Esposa?

—No, no... —respondió Steve— La verdad que los chicos no son de mi agrado. Tuve dos esposas —asintió—. Aunque siempre estoy buscando la futura ex señora Allen... —finalizó con una leve sonrisa.

—Disculpe mi curiosidad, pero... ¿dónde vive? —preguntó Morales.

—Los últimos 3 años viví en cinco barcos diferentes —respondió Steve—. Pesqueros. Grandes fábricas flotantes. Toda una aventura a decir verdad. ¿Estuvo en uno de ellos?

—No tuve la oportunidad —aseguró Juan.

—Sí… desde mar adentro el mundo se ve diferente —continuó asintiendo con su cabeza.

Dicho esto, tomó un trozo de pan y, luego de humedecerlo en su plato de comida, extendió la mano para acercárselo a Coco, que se encontraba sentado a su lado, observándolo. Morales alzó la vista, anticipando su movimiento, pero no fue lo suficientemente rápido como para detenerlo. El ataque del perro fue tan veloz que apenas le dio tiempo a reaccionar. El viejo pastor alemán sacudía con fuerza la mano de Steve entre sus fauces, y no tenía la intención de soltarlo. Steve trataba de ponerse de pie, pero cada movimiento parecía provocar más a aquel animal. De pronto, con su otra mano tomó el cuchillo que estaba sobre la mesa y lo alzó en alto. Morales se puso de pie.

—¡Coco! —exclamó— ¡Soltalo!

Al verlo de pie, el perro soltó de inmediato la mano y se alejó rápidamente hacia la habitación. Steve dejó caer el cuchillo y tomó su mano izquierda bañada en sangre. Con un gesto de dolor, se dirigió hacia la cocina y abrió la canilla para meter su mano herida bajo el chorro de agua fría.

—No es nada, no se preocupe —aseguró, apretando sus dientes al sentir el agua correr sobre la herida—. Es solo una herida superficial, no llegó a clavar sus dientes profundamente. Fue un error mío, ya me lo había advertido y lo olvidé.

—Déjeme ayudarlo —insistió Morales, sin realizar ningún comentario. Luego trajo consigo el pequeño botiquín de primeros auxilios—. Lo lamento mucho, nunca lo había visto reaccionar de esa manera antes —aseguró, colocándole una pomada desinfectante y envolviendo la mano herida con una gasa limpia.

Conocía a coco desde cachorro, pero nunca lo había visto atacar a una persona antes. Aquel episodio lo había dejado atónito. No hubiese imaginado jamás que aquel animal atacaría a ese hombre sin razón aparente. Giró su cabeza hacia la habitación, observando a Coco recostado debajo de su cama, con su ojo los miraba desde donde estaba. Desde que Steve había llegado a la casa, el comportamiento de Coco había cambiado por completo. Morales podía sentir la tensión del animal a causa de la nueva presencia. Había algo en él que no terminaba de convencerle, algo que lo mantenía alerta, atento a su presencia, a sus movimientos.

—Estas cosas suelen suceder... —dijo Allen, dejándose caer sobre la silla y apoyando lentamente la mano sobre su pierna— Una nueva cicatriz no es nada para un viejo hombre de mar...

En la comodidad de su cama, Morales abrió los ojos, despertado por un sonido que provenía de la cocina. Apoyándose con dolor sobre su brazo se sentó en la cama, para ver a Steve de pie junto a la mesada. Se puso de pie y, calzándose sus alpargatas, se dirigió hacia él.

—Buen día —lo saludó Allen, revolviendo la yerba con la bombilla en el interior del mate—. ¿Amargo o dulce?

—Amargo —contestó Juan, sorprendido por la escena. A través de las ventanas pudo ver el amanecer de un día gris—. ¿Qué hora es? —preguntó.

—Las seis —contestó Allen, escupiendo en la bacha el primer sorbo del mate amargo—. Lamento si lo desperté, pero no pude dormir bien —dijo, mirando su mano herida.

—¿Cómo está esa mano?

—Bien —contestó Steve—. Dolorida, pero nada de qué preocuparse.

—No tengo antibióticos en la casa —aseguró Juan—. Trataré de reparar esa vieja camioneta hoy mismo para que pueda alcanzarlo hasta el pueblo. Debe tener gente que lo está esperando.

—A decir verdad no tengo a nadie —le confesó Steve, entregándole el mate—. Nadie sabe que estaba en aquel barco... nadie sabe que estoy aquí. Al igual que usted, mi vida es solitaria. Si desaparezco nadie lo advertiría jamás, se lo aseguro.

—Igualmente debería regresar a su trabajo —aseguró Morales devolviéndole el mate vacío—. O buscar uno nuevo.

—El que busca siempre encuentra —afirmó Steve con una leve sonrisa en su boca.

Morales se dirigió hacia la puerta de entrada y, como cada mañana, la abrió para dejar que Coco saliera para hacer su recorrido. Pero, de pronto, notó que el perro no estaba. Cerró la puerta y dirigiéndose hacia su habitación se agachó por debajo de la cama. No estaba.

Subió las escaleras para abrir las puertas de las habitaciones y recorrer con su mirada cada rincón al tiempo que lo llamaba repetidas veces. ¡Coco!

Nada. Volvió a bajar.

—¿Vio al perro hoy? —le preguntó a Steve, quien continuaba tomando su mate, totalmente ajeno a lo que pasaba a su alrededor.

—La verdad que no —le contestó negando con su cabeza—. A decir verdad, no quisiera cruzármelo nuevamente.

Morales hizo caso omiso a su comentario y volvió a llamarlo sin respuesta alguna. Se detuvo en medio de la sala, tratando de pensar con claridad dónde estaría. Su extraño comportamiento los últimos días lo había hecho impredecible. Juan se sentía culpable de haberlo retado la noche anterior, tal vez habría decidido abandonar la casa esa mañana por su cuenta. Tal vez habría encontrado la manera de salir de allí por otro lugar, aunque en ese momento Juan no podía pensar con claridad. "¡Coco!" volvió a gritar. Escuchó en silencio un largo rato. Nada. Le resultaba difícil comprender que el viejo pastor alemán ciego de un ojo había abandonado la casa por su cuenta.

—Voy a salir —le informó a Steve. Se cubrió con un abrigo que colgaba del perchero detrás de la puerta y salió bajando las escaleras con prisa.

El viento helado golpeaba contra su rostro. Las nubes cargadas de lluvia parecían poder tocarse con solo alzar las manos. Continuó avanzando, atravesando el sendero, pasando por un lado de la casilla y dando la vuelta alrededor de la camioneta. No alcanzaba a verlo, ni siquiera escucharlo. No había rastro alguno. Apretó más el abrigo contra su cuerpo y se dirigió hacia el lado posterior de la casa, hacia las rocas. A su espalda, pudo ver a Steve que aguardaba en la puerta de la casa, refugiado del fuerte viento que se había levantado.

—¡Coco! —exclamó una y otra vez con todas sus fuerzas, tratando de que su voz no sea tapada por el viento— ¡Coco!

Sentía los pies congelándose a medida que avanzaba entre las rocas húmedas por la reciente lluvia. Las olas golpeaban con fuerza contra las piedras y caían sobre él con pesadas gotas heladas. "¡Coco!" gritó una vez más y se detuvo, queriendo pensar con claridad. "Tal vez esté en la casa y no lo pude ver", pensó. "Dentro de la camioneta", fue otra opción que cruzó por su mente.

Quizás había dejado el vidrio bajo y pudo entrar para refugiarse del frío. Casi perdiendo el equilibrio, dio media vuelta. Sus alpargatas le dificultaban caminar sobre la tierra mojada. Ya no podía sentir su rostro a causa del viento helado, y su abrigo estaba ya empapado. Regresando por entre las rocas sintió alivio al pensar que su viejo compañero se había refugiado en el interior de su camioneta o escondido en un rincón oscuro de la casa. De pronto, algo le llamó la atención. Se detuvo y retrocedió unos pasos para poder ver mejor. Un bulto color marrón claro reposaba inmóvil detrás de una piedra no muy lejos de donde se encontraba.

Torpemente se acercó más y más hacia ese lugar, tratando con todas sus fuerzas de alejar cualquier mal pensamiento de su mente. Desde donde se encontraba, alcanzaba a ver perfectamente el bulto inmóvil, pero no quería hacerlo. Bajó la vista y continuó avanzando. Se detuvo de inmediato a pocos metros del lugar. Se quitó la capucha dejando en descubriendo su cabeza y lentamente comenzó a acercarse. Paso a paso, la escena que se presentaba frente a él se hacía cada vez más irreal.

Un charco de sangre lavado por el agua de mar goteaba por entre las hendiduras de la roca, donde el cuerpo inmóvil de Coco yacía en una posición imposible. Morales se acercó arrodillándose a su lado, para tocarlo suavemente.

Estaba muerto.

CAPÍTULO 7

ENFRENTANDO
EL PASADO

Las diminutas gotas de lluvia caían sobre el rostro de Juan para luego mezclarse con sus lágrimas. Sumido en angustia, se mantenía en silencio, con la mirada perdida. Frente a él se alzaba una pequeña e improvisada cruz de madera; sobre ella, una leyenda pintada a mano rezaba simplemente "Coco". Colgando de uno de los brazos de la cruz se encontraba la cadenita de metal que solía llevar en el cuello, con su nombre grabado en ella. Delante de la cruz, un pequeño pozo en la tierra húmeda albergaba el cuerpo del viejo pastor alemán que lo había acompañado tanto tiempo. Morales recogió la pala del suelo y dio una última mirada a quien fue su amigo fiel, recostado de lado como solía estar. Ya de pie, Morales suspiró profundamente y quedó un instante en silencio. Con manos temblorosas cubrió el pozo con tierra hasta llegar al nivel del piso y, luego de decir una breve oración, dio media vuelta y se alejó.

Steve lo esperaba al pie de la escalera de entrada. Morales había apreciado su decisión de dejarlo solo en aquel momento. Al llegar, dejó caer la pala a un costado e ingresó a la casa en silencio para luego recostarse en su cama.

Para Juan, Coco representaba todo. Era el único ser que lo acompañaba cada día, desde el primer rayo de sol hasta cerrar los ojos por las noches. Era con quien podía conversar sin necesidad de una respuesta. A su mente regresó el recuerdo del rottweiler, a quien trató de embalsamar para mantenerlo consigo. De algo estaba seguro, no iba a hacer lo mismo con Coco, ese animal se merecía descansar en paz. Cerró los ojos con fuerza, en una lucha desesperada para evitar recordar momentos que lo angustiaran aún más. No podía dar claridad a sus pensamientos. Todo había transcurrido rápida e inesperadamente, pero su mente generaba incontables preguntas a lo sucedido. Preguntas sin respuestas que lo obligaban a sacar deducciones casi fantásticas. ¿Qué era lo que había sucedido? ¿Acaso fue atacado por un animal? De ser así, ¿qué clase de animal había sido? Su cuerpo no presentaba las heridas características de un ataque animal. En su piel no había rastro de mordeduras. En lugar de eso, su cabeza parecía haber sido golpeada con fuerza, provocándole la muerte instantánea. ¿Habrá caído sobre la roca? Coco tenía años de experiencia merodeando por esos lugares, era muy improbable que hubiese tenido esa suerte. A pesar de estar ciego de un ojo, se desenvolvía con destreza a través de esos parajes.

Morales abrió sus ojos, observando el cielorraso

con mirada perdida, en busca de respuestas. Escuchó el crujir de los escalones de madera dentro de la casa. El hombre se dirigía al cuarto superior. De forma inesperada, se cruzó por su mente una loca idea, que rápidamente apartó. Debía sobreponerse rápido, no podía darse el lujo de sobrellevar su duelo en ese momento. Necesitaba alcanzar a Steve al pueblo lo antes posible. Necesitaba estar solo. Se puso de pie. Agachó la cabeza para verse a sí mismo. Aun conservaba la ropa con la que se había despertado ese día, totalmente empapada y cubierta de barro. Una ducha caliente le vendría bien para librarse del frío y despejarse, aunque sea por un instante.

Apoyando su cuerpo contra el frente de la camioneta, Morales sumergía los brazos entre los cables enmarañados que rodeaban el viejo motor, tratando de alcanzar aquel que debía sustituir. Hizo un esfuerzo más, empujando con su cuerpo hasta sentirlo entre sus dedos. "¡Te tengo!" se dijo en voz baja. Una larga hora había transcurrido desde que había reanudado la ardua tarea de poner en condiciones esa vieja camioneta. Pero estar cerca de solucionarlo no era algo que le provocaba alivio, sino todo lo contrario. Esa tarea le había dado la posibilidad, por un momento, de alejarlo de la angustia y de todos los pensamientos que cruzaban por su mente. De vez en cuando, Morales alzaba su mirada en un intento irracional de alcanzar a ver al viejo pastor alemán acercándose corriendo desde el campo o desde la costa. Su lejano ladrido había quedado grabado en sus oídos, y juraba escucharlo aun en ese momento, traído por el viento.

Respiró hondo y se reincorporó. Ya faltaba menos. A pocos metros de la camioneta, Steve se acercaba en silencio, pensativo, con su característico caminar. Morales podía notar en él un poco de ansiedad, tal vez por el hecho de regresar, aunque era una idea que pareciera no importarle demasiado. Se detuvo a un lado de la camioneta, para apoyarse sobre la puerta abierta del acompañante.

—¿Cómo va eso? —preguntó.

—Ya casi termino —contestó Juan, nuevamente sumergido en la tarea—. Queda asegurar el último tramo y en cinco minutos ya podemos ponerlo en marcha.

—Me alegro —comentó Steve.

Morales tomó otra de sus herramientas y se deslizó por la parte inferior de la camioneta, quedando boca arriba, debajo del motor. Desde donde se encontraba, solo podía ver los pies de Steve que permanecía de pie a un lado.

—Lamento mucho lo de su perro —expresó Allen de forma repentina, aunque Juan no notó lamentación en su tono de voz. Morales prefirió callar y poner su atención en el trabajo—. La vida a veces aleja a quienes más queremos —continuó—. Estamos en este mundo un tiempo muy corto y debemos aprovecharlo al máximo, ¿no le parece, Morales? Cuando uno se da cuenta, han pasado ya muchos años, pero las heridas quedan, las cicatrices nos recuerdan en todo momento por lo que pasamos. Somos sobrevivientes de algo que nos es totalmente ajeno.

Con su espalda contra el suelo frío del camino, Juan escuchaba atento las palabras de Steve que, hasta entonces, nunca se había abierto a hablar. Pudo distinguir un cambio en su tono de voz, y su extraño acento se hizo más notorio.

—Hay que cerrar cada círculo —continúo—.

Si algo he aprendido es a poder cerrar cada etapa, sin dejar nada abierto, inconcluso. No importa el tiempo que lleve, días, meses, años… He esperado casi treinta años, he buscado en cada rincón de estas tierras, invertido hasta el último centavo y cada minuto de mi vida para concluir algo que había dejado pendiente. Pero por fin el destino me ha recompensado, ¿sabe por qué? porque he perseverado, he sido paciente y supe esperar el momento oportuno.

Morales continuó sin decir palabra, ajustando la última conexión. En su mente trataba de adivinar la historia que aquel hombre había decidido contar.

—Después de tanto tiempo —prosiguió Steve caminando en círculos alrededor de la camioneta— puedo cerrar un capítulo de mi vida para comenzar otro. Puedo poner fin a esta historia que me atormentó cada noche durante tantos años. Siento la fuerza de vencer cada una de mis pesadillas…

Con sus manos engrasadas debajo de la camioneta, Morales comenzó a sentirse incómodo ante las palabras Steve. No podía encontrar explicación alguna a las palabras que escuchaba. ¿De qué estaba hablando?

—Disculpe —dijo Juan, inseguro de haber alzado la voz lo suficiente para ser escuchado—, pero no logro comprenderlo.

—Usted me comprende bien, Morales —respondió con tono irónico—. Cada día, cada noche vive en carne propia los efectos de haber estado en la guerra, cubierto de lodo, con su corazón a punto de estallar de miedo y sus manos congeladas tratando de sostener lo único que podría mantenerlo con vida. Usted sabe, al igual que yo, lo que se siente al escuchar los gritos desgarradores de sus compañeros justo antes de que una explosión los calle para siempre. Al igual que yo —continuó sin pausa—, sabe lo que es sentir el dolor de una bala atravesando la carne. Sentir el ardor, la bronca, la impotencia... Usted sabe, Morales, lo que se siente.

Ante esas palabras, Juan se paralizó. ¿Quién era ese hombre que relataba con lujo de detalle los momentos que había vivido tanto tiempo atrás? Más aún, ¿cómo sabía su historia si jamás se la había relatado? Un sinfín de preguntas surcó su mente, obligándolo a deslizarse lentamente por debajo de la camioneta. Debía enfrentarlo, debía saber con quién había convivido los últimos días.

—Como le he dicho, Morales —prosiguió Steve con un tono sereno—, hay que ponerle fin a lo que se ha empezado. Ayer le pregunté si se arrepentía de algo que haya o no hecho y su respuesta fue un rotundo no. Lamento contradecirlo, pero... creo que debería sentirse arrepentido de no haber apretado el gatillo aquella mañana en la Pradera del Ganso. Ese fue su error, soldado, y en la guerra los errores se pagan con la vida.

Juan se reincorporó rápidamente delante de la camioneta, para ver la mano alzada de aquel hombre blandiendo una de sus herramientas. Sintió un fuerte dolor en su cabeza, justo antes de ver el mundo sumergirse en la oscuridad.

CAPÍTULO 8

STEVE ALLEN

Un fuerte y punzante dolor invadía su cabeza impidiéndole abrir los ojos. Imágenes y momentos aparecían en su mente, ayudándolo a armar el rompecabezas de lo que había sucedido. Pese a eso, no lograba ordenar sus pensamientos de forma clara. Se descubrió sentado en la cocina. Intentó incorporarse, pero estaba atado de pies y manos a la silla de madera. Frente a él se encontraba Steve Allen, aquel hombre que había rescatado inconsciente sobre las rocas la noche de tormenta. Por su mente desfilaban imágenes y voces, en un intento desesperado por comprender la situación en la que se encontraba. Steve apoyó un revólver sobre la mesa y alzó su mirada amenazadoramente.

—Soldado Juan Carlos Morales… —dijo pausadamente—, por fin está de vuelta con nosotros. Espero no haberle hecho mucho daño, aunque para un soldado como usted no debió ser nada de qué preocuparse.

—¿Quién mierda sos? —preguntó Morales, perplejo y con furia.

—¿Ya se olvidó de mi? —respondió Steve con otra pregunta— Yo creo que no, Morales. Creo haber sido la última persona viva que vio en aquel campo de batalla en Malvinas. Por supuesto, tenía treinta años menos, más cabello, y caminaba normalmente. A propósito —continuó—, le agradezco a su amigo por dejarme de recuerdo este inconveniente al caminar... Aunque, a decir verdad, dentro de poco va a poder acercarle mi agradecimiento personalmente. Pero primero déjeme presentarme como corresponde —agregó Steve poniéndose de pie sin soltar el arma—. Mi nombre es Steve Allen, soldado voluntario del ejército británico, ex combatiente, al igual que usted, de la guerra por las Malvinas o, mejor dicho, las Flacklands.

Poco a poco Morales comprendía la magnitud de la situación. El hombre frente a él era el joven inglés que había puesto fin a la vida de su amigo Ezequiel, y a quien le había perdonado la vida. Cerró sus ojos, tratando de acomodar sus pensamientos. Después de tantos años, la guerra lo había encontrado y venía a cobrarle lo que no pudo treinta años atrás. ¿Sería posible que todo terminara así, después de todo? Pareciera que sus pesadillas habrían cobrado vida. Nombres, momentos y lugares que habían quedado atrás, repentinamente surgieron de la oscuridad para encontrarse con él. Sentimientos que habían quedado en lo profundo de su ser, salieron nuevamente a la luz y, una vez más, sintió el deseo desesperado de sobrevivir. Con todas sus fuerzas, Morales trató de librarse de la cuerda que lo sujetaba a la silla, pero estaba fuertemente atado. El dolor punzante de su brazo le recordó una vez más su pasado, ese pasado que venía a visitarlo vestido de carne y hueso.

—Soltame, podemos arreglar esto de otra manera —dijo Morales en un intento por controlar la situación. Era consciente que la persona que tenía frente a él no estaba en todos sus cabales.

—Lamento contradecirlo, Morales —dijo Steve observando a través de la ventana—. Entiendo que para un soldado como usted no sería justo terminar de esta manera, pero creo que es lo más conveniente. Déjeme contarle... —continuó Allen al tiempo que miraba el reloj sobre la pared—. Aquel día me alejé de la fosa al ver la patrulla que se acercaba a rescatarlo, pero al día siguiente regresé para comprobar si su cuerpo continuaba allí, cosa que no ocurrió. Por supuesto, después del disparo que su amigo me propinó en la rodilla, ya no les fui demasiado útil y me entregaron el pasaje de regreso a casa. Dediqué días enteros a averiguar quién era el soldado que había escapado de su destino. Quién era la persona cuya vida había estado en mis manos y que, por un estúpido error, había dejado con vida. Esa pregunta me atormentó por muchas largas noches, creyéndome un inútil al no poder cumplir con la única misión que me habían dado. Pero un día... —prosiguió— después de tanto tiempo buscando, logré conocer su nombre, su rango, su batallón. Y desde ese momento dediqué cada día de mi vida en encontrarlo...

—¡Soltame! —exclamó Juan tratando de librarse una vez más de las ataduras— O juro que esta vez no voy a tener la misma piedad.

—Soldado, por favor... —le negó Allen sin alterarse lo más mínimo— No creo que esté en condiciones de dar órdenes, ¿no le parece? Déjeme continuar mi historia —agregó—. Cada dos años, o cuando podía juntar el dinero suficiente, regresaba a su país tratando de encontrar algún rastro suyo. No me fue fácil, se lo aseguro; admiro su capacidad de desaparecer. Pero todo es cuestión de tiempo, ¿sabe? Recorrí muchos caminos durante todos estos años, preguntando por usted a cada persona que se me cruzaba. Debí aprender su idioma, sus costumbres, sus miserias, tratando de sobrevivir en su país y pasar lo más desapercibido posible. Hasta que un día, un hermoso día, llegué a esta maravillosa provincia...

Steve hizo una pausa. Respiró profundamente y, luego de quedar en silencio unos segundos, continuó su relato.

—Una noche me refugié en un bodegón, en un pueblo no muy lejos de aquí, llamado Güer Aike y, como siempre, pregunté por su nombre. Para mi sorpresa, alguien contestó a mi pregunta. Debo confesar que en un principio no lo tomé seriamente ya que, durante años, me encontré con muchos "Juan Carlos Morales", que resultaron no ser la persona que buscaba. Pero algo en mi interior me decía que esta vez lo iba a lograr —continuó Steve girando el arma sobre la mesa con el dedo índice de su mano herida—. Caminé y caminé sin detenerme por los caminos que los lugareños me indicaban, hasta que encontré el faro. Qué irónico, ¿verdad? Un faro.

Sentado ahora frente a él, Steve relataba su historia con un tono de voz sereno y pausado. Morales lo escuchaba atentamente y comenzaba a comprender. Él era quien había preguntado por su nombre en Güer Aike, como le había comentado Jorge en el almacén, unos días atrás. Luego de un instante, Allen continuó su relato.

—Debo confesar también que, unos días atrás,

casi me descubre merodeando cerca de la casa —continuó Steve—. Su perro era muy inteligente, Morales, y muy guardián también; lo felicito por haberlo entrenado tan bien. Lástima que tuviera este horrible final, pero comprenderá que era un obstáculo en mi camino.

—¡Maldito hijo de mil puta! —exclamó Juan enfurecido, volviendo a intentar desatarse con todas sus fuerzas— ¡Vos mataste a Coco! ¡Te vas a arrepentir, te lo aseguro! —quiso continuar, pero sentía faltarle el aire, su corazón estaba latiendo demasiado rápido.

—No, Morales, no... —dijo Steve negando con su cabeza— Yo no me arrepiento de nada. Tal vez usted sí esté arrepentido de algo. Si de verdad es tan creyente como dice ser, le aconsejo hacer las paces con su Dios, porque pronto se va a encontrar con él. Y también con su amigo... ¿cómo se llamaba? ¿Ezequiel? Quién sabe...

Allen volvió a ponerse de pie y observó una vez más el reloj sobre la pared. Faltaban pocos minutos para las cinco de la tarde. Afuera, la lluvia se había vuelto más copiosa y caía ininterrumpidamente. Morales permanecía atado a su silla, agitado por el último intento desesperado por librarse. No podía encontrar la manera de desatar los nudos que lo inmovilizaban. Observó al inglés caminar en círculos por la sala, pensativo, con el arma en la mano. Morales se preguntaba dónde la había guardado todo este tiempo. La situación parecía irreal, una más de sus pesadillas. Deseaba despertar en cualquier momento. Después del último intento quedó quieto, necesitaba recuperar fuerzas. Sólo debía esperar el momento oportuno.

El repiquetear de la lluvia golpeando contra la ventana no fue suficiente para tapar el sonido de un vehículo que se acercaba. Una mezcla de sentimientos invadió a Morales. Temor, alivio, esperanza, sorpresa. ¿Quién sería? La última vez que alguien visitó el faro fue el oficial que retiró el cuerpo del viejo Rodolfo, muchos años atrás. Steve se acercó sigilosamente a la puerta.

—Ni una palabra, Morales —le ordenó, apartando la cortina para mirar a través de la ventana.

Juan sabía que, desde la posición donde se encontraba, era casi imposible notar que estaba atado a esa silla. El mantel que cubría la mesa tapaba sus manos y pies. Comenzó a pensar la manera de avisar sobre su situación y, tal vez, reducir al hombre armado. Observó a través de la ventana. Los faros encendidos de un destartalado Renault 9 giraron para detenerse delante de su camioneta. De su interior surgió una persona obesa, subiendo de forma torpe las escaleras mientras se cubría la cabeza con un diario para no mojarse. Morales pudo distinguirlo por su tamaño y su barba desprolija. Era Jorge.

Jorge Torres no salía de su casa sin su arma, aunque Morales dudaba que la haya utilizado alguna vez. A pesar de eso, era una esperanza. Los golpes contra la puerta de entrada resonaron en toda la casa. Steve guardó su arma detrás de la cintura y abrió la puerta para recibirlo.

—Adelante, por favor —le dijo Steve al tiempo que cerraba rápidamente la puerta a sus espaldas—. ¡Esta lluvia no nos da respiro!

—¡Hola, Don Jorge! —se apresuró a saludar Morales a pesar de la advertencia, con la esperanza que se acerque a saludarlo. Pero Jorge se limitó a contestar el saludo alzando su mano desde donde estaba, para luego volverse hacia Steve.

—¿Todo en orden por acá? —preguntó observando la mano herida.

—Más que bien —confirmó Steve—. Sólo un accidente doméstico, nada de qué preocuparse.

Jorge comenzó a caminar lentamente hacia la cocina, en dirección a Juan. Morales lo observaba en silencio acercarse paso a paso, esperando que pudiera verlo atado y reaccionara para salvarlo. Un escalofrío recorrió su cuerpo. A espaldas de Jorge, Steve tomó su arma y avanzó sigilosamente.

—¡Cuidado, Jorge! ¡Atrás! —exclamó desesperadamente, tratando de señalarle con su mirada el avance del inglés hacia ellos.

Jorge giró su cabeza de inmediato, observando a Steve caminar hacia él. Luego, volvió hacia Juan.

—Lamento todo esto, Juan —le dijo encogiéndose de hombros—. Pero sabés que necesito el dinero. Necesito largarme de este lugar de una vez por todas, regresar... No es nada personal, te lo aseguro.

Morales quedó sin palabras. Se limitó a clavar su mirada en los esquivos ojos de Jorge. Ahora comprendía cómo el inglés lo había encontrado en aquel remoto paraje. De a poco las piezas del rompecabezas se iban acomodando. Tal vez demasiado tarde para él. El deseo de ese hombre por regresar a Buenos Aires lo había llevado a brindar ayuda al asesino a cambio de dinero. Juan se mantuvo en silencio, hablar sería inútil. Los observó dirigirse hacia la puerta, hablando en voz baja.

—¿Trajiste los bidones? —preguntó Steve echando una mirada hacia el auto.

—No —contestó Jorge—. No pude conseguirlos de donde vengo, pero sé que en el almacén del pueblo guardan bastante para la reserva. Tal vez si...

—¡Estúpido! —le gritó Steve dándole la espalda para luego volverse hacia él con un paquete envuelto en papel de diario— Tomá tu dinero y desaparecé de acá. Nunca me viste, nunca me conociste, ¿ok? ¿Entendiste?

—Sí, sí —afirmó, tomando en sus manos el pequeño paquete—. Entiendo.

—Ahora largate y no regreses —le indicó abriéndole la puerta para que se retirase.

El fuerte viendo se coló de inmediato en el interior de la casa cuando la puerta se abrió. Jorge caminó hacia la puerta y giró su cabeza para darle una última mirada a Juan, justo antes de desaparecer. De inmediato, el inglés cerró la puerta de un golpe y quedó en silencio, observando hacia afuera. El sonido del motor en marcha se fue perdiendo a lo lejos. Por lo que había alcanzado a escuchar, Juan podía hacerse la idea de lo ocurrido. El plan era terminar con su vida prendiendo fuego toda la casa, con él en su interior. Sabía perfectamente que nadie se enteraría. El lugar estaba lo suficientemente alejado como para que alguien notase siquiera la columna de humo levantarse. Mucho menos si lo hacía de noche. Transcurrirían semanas antes que alguien se enterase de lo sucedido. Era el plan perfecto.

Steve caminaba de un lugar a otro, evidenciando su nerviosismo. Luego se acercó a grandes pasos hacia Juan, apoyando el cañón de su arma entre sus ojos.

—¿Esa vieja camioneta ya se puede utilizar? —le preguntó.

—Sí —afirmó Juan—. Ya está lista.

—Mentirme sería una muy mala idea, soldado. ¿Dónde están las llaves?

Juan le indicó el lugar con la mirada.

—No cometa ninguna locura… Solo quédese donde está —le dijo con una leve sonrisa. Se dirigió hacia la puerta y, tomando las llaves colgadas detrás, salió con prisa.

CAPÍTULO 9

FUEGO EN
LA NOCHE

Desde su posición, Morales pudo distinguir la silueta de Steve que corría bajo la lluvia en dirección hacia el camino. Luego de unos instantes, el sonido del motor llegó a sus oídos para luego desvanecerse. Quedó en silencio. Solo se escuchaba el intenso martilleo de las gotas de lluvia que caían con fuerza. Morales respiró hondo en un intento por calmar su tensión y tratar de pensar con claridad. Observó todo a su alrededor. Debía escapar.

Un nuevo intento por liberar las manos de sus ataduras desató un fuerte dolor en su brazo, obligándolo a detenerse. Dando pequeños tumbos con la silla se alejó de la mesa, rumbo hacia la mesada. "Pensá…" se repetía a sí mismo. Tenía muy claro que una oportunidad como esa no se volvería a repetir. Recorrió con la mirada todos los rincones de la cocina, tratando de encontrar un elemento que le permita librarse, cortar esas sogas. De pronto, la escena apareció en su mente.

El cuchillo.

Durante el incidente con Coco, la noche anterior, Steve había dejado caer el cuchillo que tenía en su mano. Cuchillo que nadie había recogido. Sentía que habían pasado siglos desde aquel momento. Empujándose con los pies retrocedió paso a paso hasta alcanzar a ver el suelo bajo la mesa. Ahí estaba. Debía alcanzarlo. Avanzó centímetro a centímetro hasta quedar lo suficientemente cerca para alcanzarlo y se dejó caer de lado. Recostado sobre el piso comenzó a tantear a ciegas, con sus dedos, para tomar el cuchillo. ¡Bingo! Lenta y minuciosamente lo acomodó en sus manos con el filo rozando contra la cuerda para luego moverlo de un lado a otro. Luego de unos minutos, la cuerda se debilitó hasta el punto que pudo liberarse. Sin perder más tiempo desató sus pies y salió de la casa.

Evitando resbalar en el barro, corrió hasta la pequeña casita de madera junto al bote. Al llegar, se dio cuenta de su error. Las llaves. En el afán por escapar, había olvidado tomar las llaves del candado que le impedía abrir las puertas. Regresó subiendo las escaleras hasta la casa para regresar de inmediato con las llaves en su mano. Abrió el candado y abrió las puertas. Rápidamente extrajo la vieja bicicleta amarilla y, subiéndose sobre ella, comenzó a pedalear transitando con prisa el camino hacia la ruta.

La lluvia no le permitía ver con claridad el camino que se abría delante de él. La adrenalina que circulaba por sus venas le impedía sentir el frío y el viento en su cuerpo. Morales giró su cabeza al pasar por la tumba de Coco que se levantaba a un lado del camino. Siguió pedaleando aun con más fuerza, dejándola atrás. Si estaba en lo correcto, la intención de aquel inglés era tomar el combustible del almacén del pueblo. Debía llegar a tiempo. Sabía que Roberto y su esposa corrían peligro en presencia de ese psicópata. Justo en ese momento tomó conciencia. Debería haber cargado el arma que guardaba en el cuarto. Miró hacia atrás sin detenerse; estaba ya demasiado lejos para regresar. Se maldijo a sí mismo por no haberlo hecho.

A través de la cortina de agua divisó una silueta oscura atravesada a un lado del camino. A medida que se acercaba más, pudo distinguir el destartalado Renault 9 de Jorge, con su motor todavía encendido. Morales se preguntó qué hacía allí; aminoró la marcha a pocos metros y se detuvo. Parecía no haber nadie en su interior. Se acercó aún más, con cautela, intentando ver a través de la ventana del conductor, cuyo cristal se encontraba hecho trizas. No sabía cómo reaccionaría si lo viese con vida. Asomó su cabeza a través de la ventana para encontrarse con la terrible escena. Recostado sobre el asiento del acompañante yacía el cuerpo sin vida de Jorge Torres. Juan distinguió la herida característica de un disparo en su pecho y otro en su cuello. "Steve", pensó. Abrió la puerta del auto extrajo la pistola 9mm que Jorge conservaba en la cintura. Estaba cargada. Retrocedió unos pasos y observó a su alrededor, alerta. Le resultaba extraño que, después de tantos años de conocerlo, la muerte de ese hombre no le provocaba ninguna sensación de dolor. Tal vez lo sucedido las últimas horas habían cauterizado sus sentimientos; tal vez todos sus pensamientos estaban enfocados en preservar su propia vida. Guardó el arma en su cintura y la cubrió con la ropa para luego subir a la bicicleta y reanudar la marcha.

El dolor que sentía en las piernas le hacía casi imposible avanzar más pero, en su desesperación, encontraba fuerzas que no creía tener. La lluvia se había detenido casi por completo, haciendo el trayecto más llevadero. Poco más de cien metros más adelante alcanzó a ver el cartel que se alzaba en la entrada del pueblo. Giró por la calle de tierra y se detuvo al ver la vieja Willys detenida frente al almacén; sobre ella, cinco bidones con combustible. No había nadie en su interior.

Era demasiado tarde.

Dejó caer la bicicleta con cuidado, evitando llamar la atención. Lentamente comenzó a caminar hacia la puerta del almacén evitando ser visto a través de las ventanas. Luego se detuvo. Asomó su cabeza centímetro a centímetro. No alcanzaba a ver a nadie en el interior. Todo estaba en silencio. Avanzó aún más, agachado contra la pared e ingresó al almacén. No pudo evitar que el llamador de ángeles resonara evidenciando su ingreso. Dentro, todo estaba en su lugar, no había señal de desorden. ¿Dónde estaban?

Unos segundos después, el sonido de unos pasos se dejó escuchar dentro de la casa, acercándose.

—¡Juan...! —lo saludó Roberto con sus brazos abiertos. Morales quedó en silencio, observando con horror a Steve que se acercaba a su espalda— ¿Por qué no me contaste que tenías un primo? ¿Te parece bien que me venga a enterar de esta manera?

El inglés se acercó con una sonrisa en su rostro y se detuvo justo detrás de Roberto, que continuaba hablando. Toda la atención de Morales estaba puesta en el arma que Steve tenía en su mano dentro del bolsillo. Ajeno a lo que sucedía, Roberto, continuaba reprochándole.

—Tendrías que haberme avisado que necesitabas esta cantidad de combustible, Juan —le dijo negando con su cabeza—. Me dejaste sin nada de nada... espero que a nadie se le ocurra venir a buscar más hasta dentro de cinco días... Vos sabés cómo es esto.

—Tenemos que irnos —fue lo único que Morales atinó a decir. Debía alejar a aquel asesino del lugar, alejarlo de Roberto, de su esposa; alejarlo de su vida.

—¡Juan está siempre apurado! —acotó Steve sin borrar la sonrisa de su rostro— Por eso se le olvidan muchas cosas. Se olvida de lo que uno le dice... y a veces las cosas resultan mal. ¿No, Juan?

—Si a tu edad se te olvidan las cosas... ¡No quiero saber cuando tengas mi edad! —exclamó el viejo con una carcajada— ¿Te encontrás bien, Juan? —le preguntó frunciendo el entrecejo.

—Sí, un poco cansado, pero no es nada —le aseguró Morales. Estaba demasiado tenso como para disimularlo, y eso era algo que podría poner en riesgo la vida de ambos. Debía salir de allí.

—Fue un gusto conocerlo —dijo Steve, estrechando la mano de Roberto—. Tal vez lo vuelva a visitar pronto.

—Cómo no, hijo —le contestó—. Cuando quieras, las puertas están abiertas. Y vos, Juan, a ver cuándo venís a terminar ese partido de truco que quedó pendiente.

—Pronto, Roberto, pronto... —aseguró Morales, sabiendo que ese "pronto" tal vez signifique "nunca".

Con un "adiós", Steve puso su brazo en el hombro de Juan y juntos cruzaron la puerta. Morales sentía la presión del cañón del arma sobre sus costillas mientras avanzaban hacia la camioneta.

—No intentes nada —dijo Steve, amenazante—
¿No queremos que el viejo se muera, ¿verdad?

Morales se sentó en el lugar del acompañante,
en silencio. A su lado, el inglés giró la llave encendien-
do el motor, mientras que con la otra mano lo apuntaba
con el arma. Más allá, a través de la ventanilla, alcanzó
a ver a Roberto, de pie en la puerta saludándolos con
la mano. Por temor a realizar un movimiento brusco,
Juan no respondió el saludo. La camioneta giró rápidamente por el camino de tierra para luego tomar la ruta
de regreso.

La sombra del vehículo parecía flotar sobre la
hierba a un lado del camino. El sol se abría paso a través de las nubes mientras se escondía en el horizonte,
dando lugar a un cielo estrellado. La luz de los faros
avanzaba velozmente siguiendo la línea de la ruta. Morales observó a Steve sentado a su lado, su rostro permanecía congelado, no mostraba sentimiento alguno,
se mantenía atento al camino que se abría delante de
él. No había dicho una palabra desde que partieron del
pueblo, pero en ningún momento había desistido de
apuntarle con el arma que sostenía con su mano herida,
sobre la pierna.

Juan sabía que debía hacer algo. Debía reaccionar en el momento preciso, de lo contrario estaría perdido. Por su mente cruzaban miles de ideas, intentos
de escape, formas de atacarlo, pero le resultaba difícil
concretar esas acciones. Parecía no encontrar el momento exacto para hacerlo. Haber tomado el arma de
Jorge había sido una buena decisión, pero… ¿estaba en
condiciones de utilizarla? ¿Funcionaría correctamente
llegado el momento? Morales sabía que Jorge nunca la
había utilizado antes, quizás jamás la había revisado.

Miles de malos pensamientos invadieron su mente. ¿Por qué Steve no lo mataba ahí y ahora? ¿Qué era lo que lo detenía de hacerlo?

Frente a ellos, la luz de los faros iluminaron el Renault 9 que permanecía en el camino, con el cuerpo de Torres en su interior, justo como lo había encontrado Juan instantes antes. Steve menguó el avance para pasar a un lado.

—Estúpido inútil —susurró sin desviar su vista del camino—. ¿Acaso le había pedido algo muy difícil? ¿O imposible? ¡No! —exclamó inesperadamente— Sólo traer unos simples bidones de combustible. ¿Acaso era mucho pedir?

Morales se mantuvo en silencio. Cualquier contestación provocaría una reacción impredecible. Haber pasado por ese lugar le indicaba que estaban cerca de llegar a la casa.

—La verdad que me sorprendió, soldado —continuó hablando Allen—. No esperaba verlo en el almacén. ¿Dónde tenía guardada la bicicleta? No recuerdo haberla visto...

Juan continuó en silencio, apretando con fuerza sus manos.

—¡Dónde estaba, soldado Morales! —gritó con furia Steve en un arranque de ira.

—En la torre del faro —contestó Juan. Sabía que debía alejarlo de la casilla de cualquier manera; no debía encontrar las armas que allí escondía.

—En la torre del faro... —repitió Steve asintiendo con su cabeza— No lo hubiera pensado. Nunca me mostró el interior de ese faro, soldado, muy mal anfitrión... aunque debo decir que la comida que prepara es excelente —prosiguió—. Ah... y esos animales...

¿Cómo se llaman? ¿Embalsamados? La verdad que me sorprendió con su trabajo.

Morales no dio respuesta alguna. A lo lejos, pudo distinguir el techo a dos aguas de la casa junto al faro. Estaban a no más de quinientos metros de llegar. Si iba a hacer algo al respecto debía hacerlo ahora.

—Es una lástima que todo ese trabajo se pierda, ¿no le parece? —continuó Steve mientras conducía— No se preocupe, usted tampoco va a estar para...

—¿Eso es una linterna? —lo interrumpió Juan, desviando la conversación al tiempo que señalaba tímidamente con su dedo. A un lado de la ruta, una luz resplandecía, titilante.

Juan estaba consciente que aquello era el reflejo de los faros del vehículo sobre la pequeña cadena de Coco que reposaba colgando de la cruz sobre su tumba. Pero sabía que Steve lo ignoraba, motivo suficiente para provocarle una distracción. La distracción que necesitaba.

El inglés giró su cabeza, tratando de encontrar la procedencia de la extraña luz a un costado del camino. Por un instante, alejó el cañón de su arma, apuntando a otra dirección.

—¿Pero quién...?

En ese momento Morales se lanzó con todo su cuerpo contra Steve. Tomó su mano y comenzaron a forcejear en el interior de la camioneta que continuaba su marcha, zigzagueando por el camino. A pesar del dolor de su brazo, Juan presionaba con toda su fuerza contra el cuerpo de Steve, intentando tomar el arma que había caído a los pies, entre los pedales. Sin previo aviso, sintió el mundo darse vuelta y golpear su cabeza con fuerza contra el techo, luego su espalda y caer nuevamente contra el asiento una y otra vez. Una lluvia de cristales invadió el interior obligándolo a cubrirse. El ruido de metal retorciéndose y los vidrios estallando parecía provenir de todas direcciones. Juan cayó de espaldas contra el techo de la camioneta. Todo había cesado repentinamente. A través de la ventana alcanzó a distinguir el reflejo característico del fuego provenir de la parte superior. "El combustible", pensó. Con un inmenso dolor, giró todo su cuerpo y de una patada abrió la retorcida puerta para arrastrarse lejos de allí. Desorientado y mareado, se puso de pie, y caminó tambaleante para alejarse de la camioneta.

Veinte metros después se dejó caer en la tierra fría, observando el fuego expandirse cada vez más sobre el vehículo, iluminando todo a su alrededor. Con el corazón martillándole en el pecho se tanteó la cintura. Había perdido el arma en el interior de la camioneta durante el accidente. Sintiendo el calor del fuego en su rostro se sentó con la cabeza entre sus rodillas, tratando de recobrar el aliento. Las explosiones de las municiones en el interior de la vieja Willys en llamas resonaron en el silencio del anochecer. Morales alzó la vista observando el faro iluminado por las llamas que se alzaban hacia el cielo. Tal vez la pesadilla había terminado.

CAPÍTULO 10

EN LA
OSCURIDAD

La inmensa bola de fuego se expandía hacia el cielo y el crujir del acero retorciéndose en el calor de las llamas era lo único que rompía el silencio en la oscuridad de la noche. El fuego iluminaba todo a su alrededor, creando en una escena irreal, tan irreal para Juan como todo lo que había ocurrido las últimas horas. Las manos de Morales se hundieron en la tierra húmeda tratando de levantar su peso. Recostado en el suelo, a un lado del camino, observaba casi sin aliento cómo la vieja camioneta se reducía a cenizas. Había sido afortunado de haber sobrevivido a la explosión de los bidones cargados de combustible. Respiró profundamente y logró ponerse de pie.

Avanzó paso a paso, lenta y dolorosamente. Podía sentir el calor de las llamas cada vez más fuerte en su rostro. Se detuvo a dos metros, entrecerrando sus ojos para tratar de ver el interior de la camioneta, o lo que quedaba de ella. Avanzó un poco más y rodeó el vehículo. No lograba ver el interior, ningún rastro del inglés. Inesperadamente, una sensación de alerta lo invadió. Alzó la mirada, intentando ver algo en la oscuridad de la noche. Nada.

¿Será posible que haya sobrevivido al igual que él? Sus pensamientos cruzaban rápidamente por su mente. Esperaba sentir en cualquier momento el impacto de una bala en su espalda, impacto que acabaría con su vida. Podía sentir el latir de su corazón que galopaba rápidamente. Se puso de rodillas y apoyó su mejilla contra el suelo húmedo para observar al ras del suelo. Iluminadas por el resplandor de las llamas, podía distinguir un camino de huellas que se alejaban del lugar. Eso significaba una sola cosa.

Estaba con vida.

La marea comenzaba subir. Como cada noche, lenta pero irremediablemente cubría el trayecto hacia la casa del faro. Morales apuró el paso. En la oscuridad de la noche distinguió las escaleras de madera y la puerta de la casa. Estaba abierta. Continuó acercándose a un ritmo más lento, sigiloso, evitando cualquier sonido que pudiera delatar su presencia. Todo intento de ver a su alrededor era en vano, solo alcanzaba a distinguir lo que la inquieta luz del fuego iluminaba. Las sombras danzaban frenéticamente a su alrededor; todo parecía cobrar vida. Observó cada una de las ventanas, tratando de ver la silueta de aquel hombre que quería terminar con su vida, pero solo podía ver el reflejo de las llamas sobre los ventanales. Se desvió del camino para dirigirse hacia la casilla, en busca de las armas que allí guardaba. Al llegar, descubrió lo que tanto temía.

Las puertas se encontraban abiertas.

Su respiración se detuvo por un instante. En el apuro por escapar, había olvidado cerrar el cuarto con el candado. Miró a su alrededor una vez más e ingresó en el interior de la casilla. La visión era casi nula, pero suficiente para notar que el fusil no se encontraba en su lugar habitual. Apartó con cuidado las herramientas y los viejos artefactos que allí guardaba. De pronto, la vio. La vieja escopeta de Rodolfo aún yacía reposando contra el rincón. Morales respiró hondo. Las telas que la cubrían habían impedido que Steve la descubriera. Debajo de ella, una caja con proyectiles. Luego de revisarla, cargó el arma en sus manos y, guardando los proyectiles en su bolsillo, se dirigió hacia la casa.

Ingresó sigilosamente, y se sumergió en la oscuridad de la sala de entrada. Sabía que el disparo podría llegar desde cualquier rincón oscuro de aquella casa. Conteniendo la respiración avanzó aun más, atento a cualquier sonido que pudiera delatar la presencia de Steve. Llegó a la cocina y, de un rápido vistazo, comprobó que estaba vacía. Con cuidado, abrió el cajón para extraer de él la linterna a pilas. Luego volvió hacia las escaleras y comenzó a subir. Sin poder evitarlo, los escalones de madera crujían a cada paso, rompiendo el silencio que reinaba en el interior de la casa. Se detuvo al llegar a la parte superior, el ruido que había provocado era más que suficiente para delatar su presencia. Con el arma lista para disparar y el dedo en el gatillo, Juan se asomó a la habitación, tratando de ver en la oscuridad. Con su mano libre encendió la linterna e iluminó cada rincón del cuarto. Estaba vacío.

Morales sabía que estaba en una posición desfavorable. Sabía que aquel inglés podía llegar a sus espaldas y poner fin a esta pesadilla. A cada paso, esperaba ver el resplandor de la metralla surgir del cañón de su fusil. En cada rincón oscuro, detrás de cada puerta, de cada mueble, podría encontrar la muerte. Sólo era cuestión de tiempo.

Se asomó lentamente en el interior de la otra habitación. La tenue luz de la linterna era suficiente para distinguir la gran mesa de madera que reinaba en su interior. Las cabezas de los animales embalsamados se asomaban desde la oscuridad sobre las repisas. El haz de luz recorrió minuciosamente cada espacio. Un escalofrío recorrió la espalda de Morales, quien dio media vuelta para descender por la escalera.

Apagó la linterna y salió nuevamente al exterior. ¿Dónde se encontraba? ¿Sería posible que escapase hacia la ruta? ¿Tal vez rumbo a la costa? El incendio se había convertido en pequeñas llamas dispersas, devolviéndole a la oscuridad todo el paisaje a su alrededor. Frente a él, el camino había desaparecido bajo las aguas del mar. A partir de ahora se encontraban aislados. Morales sabía que había solo un lugar donde esconderse.

Descendió por las escaleras y rodeó la casa observando cada rincón mientras avanzaba. Una brisa helada proveniente del mar lo estremecía hasta los huesos. En la oscuridad de la noche podía escuchar el romper de las olas golpeando contra las rocas. Continuó avanzando, listo para disparar ante cualquier amenaza. Sus pies se hundían en la gravilla, provocando a cada paso un sonido ensordecedoramente inevitable. Abriéndose paso entre las rocas alzó el arma, apuntando hacia el frente. Sus ojos se habían acostumbrado a la oscuridad y podía distinguir la silueta de la casa que había dejado atrás. Las siluetas de las rocas a lo largo de toda la costa simulaban miles de figuras humanas. Era casi imposible distinguir una persona entre ellas.

El estruendoso golpe de una ola contra las rocas lo sobresaltó, justo antes de sentir la fría lluvia de agua salada contra su rostro. De pronto, una voz surgió entre las sombras.

¿Le teme a la oscuridad, soldado?

Morales reconoció el tono característico de quien había salvado, días atrás, en ese mismo lugar. La voz provenía del frente, no muy lejos de donde se encontraba. De inmediato Morales se puso a cubierto. Su corazón se aceleró más. Quedó en silencio, responder significaría delatar su ubicación. Lentamente asomó su cabeza tratando de distinguir dónde estaba Steve. A lo lejos, un resplandor intermitente y fugaz lo sobresaltó. Morales lo conocía muy bien. Menos de un segundo después una ráfaga de balas cruzó silbando sobre su cabeza acompañadas por el sonido de la metralla.

—¿Le recuerda a algo esta situación, Morales? —exclamó Steve— ¿No extrañaba sentir el dulce sabor de la adrenalina en sus venas?

La voz de Steve sonaba más fuerte. Se estaba acercando. Juan continuó en silencio, agazapado detrás de la roca. Asomó su rostro a un lado para observar detenidamente el lugar desde donde provenía la voz. Steve continuaba hablando, delatando su posición, tal vez sin pensar lo que estaba haciendo. A lo lejos y recortado contra el reflejo de las olas distinguió la silueta del inglés, que avanzaba por la costa, hacia donde Juan se encontraba. En sus manos sostenía firmemente el fusil, listo para disparar.

Morales volvió a esconderse y permanecer en silencio. Debía hacer algo, en pocos instantes Steve alcanzaría su posición. Juan sabía que ya no tenía tan buena vista para poder dispararle desde donde se encontraba. Trataba de encontrar una salida mientras escuchaba la voz de Steve hablar sin detenerse, sin prestar atención a lo que decía. Bajó su mirada y tomó en su mano una piedra. Volvió a reincorporarse y, con toda su fuerza, la arrojó lejos. Inmediatamente Steve calló. Por un momento hubo silencio, que fue interrumpido por una carcajada espontánea.

—Morales… Morales… —continuó hablando Steve— Deje de jugar a las escondidas, ya somos grandes, ¿no le parece? Sea hombre y afronte la situación. ¿Dónde se va a esconder ahora? ¿Quiere jugar al gato y al ratón toda la noche?

Su voz se fue apagando y Juan se asomó nuevamente. Había funcionado. Steve se dirigía hacia donde había escuchado caer la piedra. Aprovechando su distracción y el hecho de que estaba hablando en voz muy alta, Morales se puso de pie y avanzó detrás de él, en silencio. Alzó la escopeta y se acercó metro a metro, hasta quedar a pocos pasos de él, quien no había percatado su presencia. Ya estaba suficientemente cerca.

—¡Soltá el arma! —exclamó Juan, apuntándole directamente a la cabeza. Steve se detuvo y quedó en silencio. Alzó sus manos y giró su cabeza lentamente para observar a Morales de pie, a su espalda— ¡Soltala ahora o te vuelo la cabeza!

Con una sonrisa en su rostro, Steve bajó una de sus manos cuidadosamente y dejó caer el fusil al piso para luego empujarlo con su pie más lejos.

—Muy bien… —asintió sin borrar su sonrisa—, fue una jugada muy bien hecha de su parte. Y, a decir verdad, no contaba con esa escopeta. ¿Funciona? Parece muy vieja, solado.

—Date vuelta y caminá —le indicó Morales, indicándole con el cañón de su arma el camino de vuelta a la casa. Avanzando unos metros, aprovechó para tomar el fusil en su mano y cargó la escopeta al hombro.

—¿Qué va a hacer ahora? —preguntó Steve con tono de burla— ¿Por qué no dispara de una vez y terminamos con esto? Lo admito, ganó. Pongamos fin a esta historia. Es solo un disparo, es su segunda oportunidad. ¡Vamos! ¡Sea valiente, soldado, dispare!

—¡Silencio! —exclamó Juan. Steve volvió a romper a carcajadas, para luego avanzar en silencio.

Iluminando el camino con su linterna, Morales regresó hacia las escaleras de la casa. Delante de él, Steve avanzaba en silencio con sus manos en alto. Los dos ingresaron y Juan encendió las luces.

—Sentate en esa silla —le ordenó Morales.

—¿Me va a atar? —preguntó Steve dejándose caer sobre la silla de madera— No es buena idea, soldado, hasta usted pudo escaparse, no creo que sea buena idea para usted…

Un fuerte golpe de puño en el rostro de Steve lo hizo enmudecer. Agachó su cabeza y quedó en silencio. Un hilo de sangre brotaba desde su labio inferior, goteando sobre su pierna.

Luego de traer una cuerda, Juan ató con cuidado las manos y pies contra la silla. Hizo doble nudo para reforzar la atadura y comprobó que esté firme. Luego se detuvo frente a él. La mirada de aquel hombre se clavaba en sus ojos. Morales podía sentir que estaba tramando algo. Era evidente que no estaba en sus cabales, y no iba a desistir de matarlo. Había esperado casi treinta años y recorrido muchos kilómetros para llegar a él. Estaba seguro que iba a intentar todo lo posible para terminar con su vida, era su misión, y la iba a cumplir aún arriesgando su propia vida. Pero había algo que no podía comprender. Se habían presentado muchas oportunidades en las cuales podría haberlo matado, sin embargo, no lo había hecho. ¿Qué era lo que lo detenía? ¿Qué retorcido pensamiento cruzaba por su cabeza?

En silencio, Steve lo siguió con su mirada mientas Morales se dirigía hacia la cocina. Tomó un vaso y, luego de llenarlo con agua, se lo acercó.

—Tomá —le dijo llevando el borde del vaso hacia su boca. Steve alzó su cabeza y bebió torpemente todo el líquido.

—No lo entiendo, Morales, yo intento terminar con su vida y usted, además de no terminar con la mía, me da de beber.

—Perdón —contestó Juan—. Hay algo llamado perdón. Estoy seguro que usted no conoce esa palabra. No soy yo quien deba propinarle un castigo por lo que ha hecho. Mañana a primera hora lo llevaré a Güer Aike, donde deberá responder por sus delitos.

Luego de decir esto, Morales dio media vuelta y regresó a la cocina. Steve quedó en silencio, con su mirada perdida, pensativo. Juan tomó otro sorbo de agua se sentó frente a él. El dolor de su brazo se estaba volviendo cada vez más intenso, casi tanto como cuando había recibido el disparo de aquel hombre que ahora estaba sentado frente a él. Observó los cuadros colgados en las paredes. Sus compañeros y él vistiendo sus uniformes verdes, sonrientes ante la cámara, desconociendo lo que ocurriría pocos días después. Allí estaba Ezequiel, la única foto que conservaba de él, un día antes de su muerte. Su mirada volvió a posarse en Steve, que ahora permanecía inmóvil, atado en esa silla. Una mezcla de sentimientos invadía su mente. Todos sus pensamientos estaban confusos. En pocas horas su vida y su entorno habían cambiado por completo. La paz que lo rodeaba había desaparecido con la llegada de ese hombre, así como había desaparecido su más querido amigo. Su presencia en esa casa significaba la muerte, el dolor y la desdicha de perderlo todo.

Viéndolo sentado en esa diminuta silla, Morales se preguntaba qué pasó por su mente durante todos estos años de búsqueda incansable. Qué pasaba por su cabeza ahora. Era ya un hombre grande, y había gastado más de la mitad de su vida en encontrarlo. Debería estar agradecido de haber sobrevivido aquel día en Malvinas, sin embargo, había decidido utilizar todas sus fuerzas, tiempo y dinero en terminar con la vida de quien le había perdonado la suya. Era algo que Juan no lograba comprender, por más que lo intentara.

Alzó su mirada para ver el reloj sobre la pared, que marcaba las once de la noche. Iba a ser una noche larga, pero debía descansar para poder llevarlo al pueblo a primera luz del amanecer. Atado de manos y pies, el inglés parecía haber quedado dormido. No representaba ningún peligro para él en ese momento. Apoyó la escopeta contra la pared y el fusil sobre la mesa. Aunque trataba de mantenerse despierto, sus ojos se cerraban y sabía que en cualquier momento quedaría dormido sin notarlo. Tomó el vaso de vidrio en su mano y se acomodó en la silla para descansar. Si se quedaba dormido, su mano dejaría caer el vaso al suelo, despertándolo. Cerró los ojos y respiró profundamente.

CAPÍTULO 11

SIN ARREPENTIMIENTO

El sonido distante de vidrio rompiéndose llegó a oídos de Morales que, abriendo los ojos con dificultad, se descubrió sentado en la silla. Se había quedado dormido. Por suerte, la idea había funcionado. El dolor en todo su cuerpo se había hecho más fuerte y ponerse de pie fue una tarea casi imposible. Miró el reloj, habían pasado quince minutos. Refregó sus ojos con sus manos y giró la cabeza para ver hacia donde se encontraba su prisionero.

La silla estaba vacía.

Nuevamente su corazón comenzó a agitarse. Por un instante quedó paralizado, sin saber qué hacer. Recordaba haberlo dejado fuertemente atado a esa silla, minutos antes. Tomó la escopeta y se puso de pie. Las cuerdas estaban dispersas alrededor de la silla y, a un costado de ésta, un filoso trozo de vidrio. Morales la distinguió de inmediato. Una astilla de la ventana de la camioneta.

"Otra vez no", pensó Morales, echando un vistazo rápido a su habitación vacía. La puerta de entrada se encontraba abierta. Se acercó y la aseguró con todas sus cerraduras. Si se encontraba afuera quedaría allí; de lo contrario, estarían los dos encerrados en el interior. Encontrarse sería solo cuestión de tiempo. Quedó en silencio, tratando de escuchar algún sonido delatador. Nada. Subió con paso firme las escaleras, apuntando con la escopeta mientras avanzaba. Se preguntaba a sí mismo por qué no se había llevado el arma. Tal vez para él esto era un juego macabro. El cuarto de huéspedes estaba vacío. Girando sobre sí mismo avanzó hacia la otra habitación para luego ingresar. No había nadie allí. Rodeando la mesa se acercó a una de las ventanas, tratando de ver algún indicio de su presencia en el exterior. Iluminado por la luz de la casa, alcanzaba a ver el camino ya cubierto por las aguas y los restos calcinados de la vieja camioneta. La oscuridad brindaba miles de escondites donde probablemente estaría aguardando, a la espera de la primera oportunidad.

Morales sabía que la única entrada en esa casa era la puerta que había cerrado recientemente, no había manera alguna de ingresar. En su interior se encontraría a salvo, y las armas habían quedado a su alcance. Debía escapar, pero tendría que esperar la luz del día. Cerró la ventana con la persiana de madera cuando, de pronto, escuchó un ruido en la habitación. No terminó de girar su cabeza cuando sintió un fuerte dolor en su espalda.

Los dos cayeron al piso, forcejeando en el afán de tomar el control de la escopeta. Rodaron por el suelo hasta golpear contra uno de los armarios, desde donde cayeron decenas de frascos sobre sus cabezas para luego romperse en pedazos. Morales continuaba sosteniendo el arma con todas sus fuerzas mientras sentía crujir los vidrios bajo su espalda contra el piso. El peso del cuerpo de Steve sobre su estómago lo estaba dejando sin aliento. Giró su cuerpo hacia un costado, empujándolo contra la mesa para luego golpear su pecho de una patada. Trató de ponerse de pie, pero de inmediato Steve se reincorporó y se abalanzó nuevamente sobre él cayendo los dos al piso. La escopeta se escapó de sus manos para caer fuera de su alcance. Steve comenzó a golpear su rostro, pero Morales alzó su brazo y presionando su ojo con los dedos lo obligó a echarse hacia atrás. Esto fue suficiente para que Morales se pusiera de pie y derribarlo de un golpe. De inmediato recorrió con sus ojos la habitación tratando de encontrar el arma. Allí estaba. Avanzó rápidamente hacia ella, cuando todo el peso de Steve sobre su espalda lo derribó. Con su brazo alrededor del cuello, Morales logró ponerse de pie. La presión lo estaba dejando sin aire y sabía que en cualquier momento perdería la conciencia. Se apoyó contra la mesa, intentando con toda su fuerza librarse de aquel hombre que intentaba asfixiarlo. De pronto vio el reflejo de las tijeras sobre la mesa, estaba a su alcance. Sin pensarlo, la tomó en su mano y con un movimiento la clavó en el brazo de Steve, quien de inmediato lo soltó gritando de dolor. Morales se dejó caer sobre la escopeta y tomándola en sus manos giró su cuerpo. Frente a él, Steve alzaba su brazo sosteniendo una pesada base de madera. Sintió un fuerte golpe en la frente hasta que, un instante después, lo envolvió la oscuridad y perdió el conocimiento.

Lentamente sus párpados se abrieron dejando ver el cielorraso blanco sobre su cabeza. Un dolor indescriptible y punzante invadía su cabeza. La escena se iba completando y a su memoria llegaba el recuerdo de lo ocurrido. Alzó su cabeza unos centímetros para encontrarse recostado sobre su cama, con las manos atadas y su torso descubierto. Un olor nauseabundo invadía toda la habitación, penetrando en su nariz sin poder evitarlo. La luz del día entraba por las ventanas; Morales entendió que había quedado inconsciente toda la noche. Giró su rostro hacia un costado. Sentado a un lado de la cama, Steve lo observaba en silencio; en sus manos blandía rítmicamente un cuchillo. Juan cerró los ojos una vez más, deseando poder despertar de esa pesadilla. Intentó mover sus piernas, pero un peso sobre ellas le dificultó la tarea. Sintió un bulto frío y húmedo sobre sus pies. Abrió sus ojos una vez más sólo para encontrarse con una espantosa escena. Sobre sus pies, recostado de un lado, se encontraba el cuerpo sin vida ya en descomposición de quien había sido su más fiel amigo: Coco. La desesperación lo invadió y, sacudiendo sus piernas frenéticamente, dejó caer el cuerpo del animal al suelo.

—¡Maldito enfermo! —exclamó Morales.

—Tranquilo, Morales —respondió Steve sin alterarse lo más mínimo, cosa que irritaba aún más a Juan—. Creí que reencontrarse con tu compañero sería lo mejor para usted, pero veo que no valora las buenas intenciones... Tal vez pueda hacer con él uno de sus trabajos y conservarlo para siempre sobre esta mesa, ¿le parece?

—Juro que voy a matarte... —se limitó a decir. Apenas tenía el aliento necesario para poder hablar.

—Bien... ¡veo que estamos hablando el mismo

idioma ahora, soldado! —contestó Steve con una sonrisa en su rostro— Ahora dígame, Morales, ¿cómo piensa matarme?

Morales no contestó, todos sus pensamientos estaban puestos en encontrar la manera de terminar con la pesadilla. Steve acercó su silla hacia la cama y apoyó el filo del cuchillo sobre la garganta de Juan.

—Le vuelvo a preguntar una vez más, soldado —le dijo—. ¿No se arrepiente de haberme disparado aquel día? ¿No hubiera sido más fácil haber apretado el gatillo para evitar todo esto? Si hubiese hecho lo correcto —añadió— yo no estaría aquí ahora.

—No... —susurró Juan evitando moverse.

—¡No! —se alteró Allen— ¡No! ¿Me dice que no? ¿Es consciente de todo lo que tuve que atravesar todos estos años para librarme de mis pesadillas? ¿Tiene idea, soldado, de lo que se siente tener su rostro grabado a fuego en mi cabeza todo este tiempo? ¡Todo el tiempo! ¿Y usted no se arrepiente? ¡Todo esto es su responsabilidad! —exclamaba Steve, señalándolo con el cuchillo— ¡Usted mató a ese perro! ¡Usted asesinó al hombre del pueblo! ¡Usted es el asesino, Morales! ¡No yo!

Inmóvil sobre la cama, Morales tragó saliva y evitó decir palabra alguna. No tenía manera de poder predecir el comportamiento de aquel desquiciado que jugaba con su vida. Sólo debía permanecer en silencio, tratar de calmar su ánimo y encontrar el momento justo para poder escapar. A su lado, casi pegado a su oreja, el inglés continuaba con su discurso, totalmente fuera de sí. Morales podía sentir su aliento contra su rostro. Cerró sus ojos, buscando calmarse y evitar reaccionar a tales palabras.

—Le di una nueva oportunidad y no lo hizo, soldado —continuó Steve—. Pudo terminar con esto de una vez y para siempre y no supo aprovechar lo que el destino puso en sus manos. ¿Sabe que creo yo? —preguntó, presionando aún más el cuchillo contra el cuello— Creo que no merece seguir viviendo. Creo que, después de todo, no merece vivir, Morales. No puedo permitir que siga así. No puedo permitirlo...

Con alivio, Juan sintió librarse de la presión en su garganta y abrió sus ojos para ver a Steve alzar su mirada y romper el silencio con una carcajada infernal.

—¿No le parece muy loco todo, soldado? —dijo Steve— No puedo creer que, después de tanto... de tanto.... esté aquí, conmigo, y pueda tener su vida en mis manos. Me siento Dios. ¿Usted me ve como Dios ahora? ¿Sabe que puedo decidir si vive o muere con solo hacer un movimiento?

Una vez más la risa de Steve Allen hizo eco en toda la casa. Morales intentó librarse de la cuerda en sus manos con todas sus fuerzas, tratando de no llamar su atención, pero le fue imposible. Giró su cabeza para ver a Steve observar detenidamente su reflejo en el cuchillo. Sólo Dios sabía qué pasaba por su mente en ese momento. De pronto, desde lejos, llegó a sus oídos el ruido de un motor que se sentía cada vez más cercano.

De un salto, Steve se puso de pie y se dirigió hacia la ventana. Corrió la cortina y observó el vehículo que se detenía frente a las escaleras de la entrada. Se alejó de la ventana y comenzó a dar vueltas sobre sí mismo. Volvió hacia Morales y, sin decir una palabra, cubrió su cuerpo con el cubrecama dejando sólo su cabeza al descubierto. Dos golpes en la puerta de entrada se hicieron eco en toda la casa. Morales se mantenía en silencio, alerta. Steve caminó hacia la entrada y abrió cada una las cerraduras. La puerta se abrió y detrás de ella aparecieron Roberto y su esposa.

—¡Hola! —saludó Roberto mientras ingresaba a la casa. Detrás lo acompañaba su esposa Elsa quien saludó con un ademán— ¿Se encuentran ustedes bien? —preguntó, frunciendo el entrecejo por sobre sus anteojos.

—Hola, Roberto —contestó Steve con una sonrisa en su rostro—. Qué sorpresa que esté por aquí. No lo esperábamos —aseguró, echando una mirada hacia Juan, que continuaba en silencio—. Por acá todo bien, ¡nada nuevo puede pasar por estos lugares! —agregó encogiéndose de hombros.

—Ayer al atardecer vimos la columna de humo y supusimos que provenía de aquí. Nos preocupamos por ustedes —afirmó Roberto—. Lamentablemente mi vista ya no es la de antes y tuve que esperar hasta el amanecer para poder venir a asegurarme que todo estuviera bien.

—No tiene de qué preocuparse, Roberto —aseguró Steve sin borrar su sonrisa.

—Por lo visto estábamos en lo cierto. Se le acaba de incendiar la camioneta —preguntó Elsa—. ¿Qué le sucedió?

—Sí. Una verdadera pena. El motor se sobrecalentó y... usted ya sabe...

Roberto avanzó adentrándose en el interior de la casa, para ver a Morales recostado en su cama.

—¿Se encuentra bien, Juan? —le preguntó.

—Se encuentra perfectamente ahora —interrumpió Steve—. Sólo tiene un poco de fiebre, nada más. Anoche nos empapamos mientras tratábamos de apagar el fuego. Ya no somos los jóvenes fuertes de antes.

Steve observaba alerta a Roberto mientras recorría con su vista la casa. Avanzó unos pasos más y, de pronto se, detuvo. Se acomodó los anteojos y miró más de cerca.

—¿Ese... es Coco? —preguntó Roberto. Giró su cabeza hacia Steve, que se mantenía a pocos metros detrás de él. Más allá, alcanzó a ver el fusil sobre la mesa de la cocina. La escena se completaba con la silla extrañamente ubicada en el centro del hall de entrada, sobre un montículo de cuerdas— ¿Qué está pasando acá?

Antes de que termine la pregunta, Steve dio pasos largos hacia la cocina y tomó el fusil en sus manos. Desde donde se encontraba, Morales vio el cuerpo de Roberto estremecerse ante los disparos y caer al piso. Steve se dirigió hacia la puerta y se detuvo justo en la entrada para apuntar hacia Elsa que, a pesar de sus años, bajaba las escaleras rápidamente hacia el vehículo.

—¡Quieta o la mato! —exclamó Steve, descubriendo que se le habían acabado las municiones. Observó impotente cómo el vehículo se alejaba por el camino, levantando una nube de polvo a su paso para luego perderse en la ruta. Dio media vuelta pasando por encima del cuerpo de Roberto, que yacía sin vida sobre un charco rojo escarlata. Sin motivo aparente sonrió y caminó hacia la habitación para luego detenerse. La cama estaba vacía.

—¡Morales! —gritó con furia. Sobre la cama se encontraban las cuerdas que lo ataban y sobre ellas el cuchillo que había dejado sobre la silla— ¡Morales! —Steve escuchó pasos en la parte superior y se dirigió hacia las escaleras. Se detuvo al ver a Juan que bajaba con la escopeta en su mano, apuntándole.

Morales observó a Steve salir y bajar corriendo

por las escaleras hacia el camino. A pesar del dolor que sentía en todo su cuerpo, Morales continuó caminando y se detuvo en la entrada, viendo cómo el inglés se alejaba rápidamente. Alzó el arma y, cerrando uno de sus ojos, apuntó. Disparó. A través de la mirilla, vio el proyectil impactar sobre la hierba, levantando una nube de polvo. Volvió a recargar el arma. Sólo le quedaba una oportunidad. Steve ya se encontraba a no menos de cien metros de la casa. Nuevamente apuntó y, conteniendo la respiración, volvió a apretar el gatillo.

A través de la mira del rifle pudo ver el cuerpo de Steve caer al suelo.

Le había acertado.

CAPÍTULO 12

NAUFRAGIO

De pie en la puerta de entrada, Morales cargó el rifle al hombro y caminó sin prisa bajando las escaleras. Más adelante podía distinguir la figura oscura del cuerpo de Steve que permanecía inmóvil en el suelo. A un lado del camino, sobre la hierba chamuscada, descansaban los restos calcinados de la camioneta, prácticamente irreconocible. Recobrando el aliento, Juan respiró profundamente y se acercó lo suficiente para observarlo detenidamente. Arrodillándose sobre el suelo húmedo notó la herida de bala sobre su hombro derecho. Retiró su camisa cuidadosamente para descubrir que sólo era una herida superficial, la bala había rozado su cuerpo, pero no había impactado de lleno en él. Inmediatamente apoyó su mano sobre el cuello para sentir el pulso. Estaba inconsciente, pero aún vivo.

Sin moverse de su lugar, alzó la mirada y observó a su alrededor. No tenía manera de llegar al pueblo, era un largo trayecto para realizarlo a pie, mucho menos cargando un cuerpo. Por su mente cruzaron miles de maneras de terminar con la vida de aquel hombre que permanecía indefenso a sus pies. Solo golpear su cabeza con una piedra era suficiente para acabar con esta locura, pero Morales sabía que no debía ser así. Muchas vidas habían terminado en las manos de aquel hombre y debía pagar por ello. Con dolor, se puso de pie y, volviendo a inspirar profundamente, observó a Steve, quien permanecía inconsciente. Juan rodeó el cuerpo y luego levantó uno de sus brazos para cargarlo. El dolor penetrante que sentía en su brazo lo obligaba a detenerse a cada paso, pero no tenía tiempo para pensar en ello, debía llevarlo al pueblo más cercano, y sólo había una manera de hacerlo.

Arrastrando el cuerpo inconsciente de Steve, recorrió el trayecto que lo separaba de la casilla de madera y se detuvo a un lado del bote para dejarlo caer cuidadosamente en su interior. Alzó la mirada para advertir el cielo gris y amenazador. Retiró la cubeta de plástico que descansaba en el interior y acomodó el cuerpo sobre el piso de la embarcación, que se inclinó hacia un lado por el peso. Tomó uno de los remos y, apoyándose con su cuerpo sobre el extremo del bote, lo empujó hacia la orilla. Teniendo cuidado de no caerse, subió y se sentó sobre el tablón de madera, para luego empujar el bote con el remo hasta que se mantuvo a flote. Se sintió orgulloso al ver que su trabajo daba resultado; parecía que habían pasado años desde aquella tranquila tarde cuando reparaba ese viejo bote. Morales sabía que pocos kilómetros hacia el norte, sobre la costa, encontraría una pequeña población de pescadores. Una vez allí daría a conocer su historia y llevarían a Steve a las autoridades.

La superficie del mar se agitaba por el fuerte viento que azotaba la embarcación, haciendo mecer el bote a un ritmo frenético. Las nubes de tormenta se cerraban sobre la cabeza de Morales, quien trataba de corregir el rumbo, sin alejarse demasiado de la costa. Giró la cabeza para mirar hacia atrás, ya había recorrido poco más de doscientos metros, tenía un largo camino por delante. En la otra punta, recostado sobre el piso de la embarcación, el cuerpo de Steve se mecía al ritmo de la marea, con sus ojos cerrados. Morales era consciente que podría despertar en cualquier instante, pero se sentía con fuerzas suficientes para poder contenerlo. Sabía que, en su estado, no despertaría lo suficientemente rápido para realizar cualquier maniobra que pudiera poner en peligro su vida; además, un golpe con el remo lo dejaría de nuevo fuera de juego. Juan movió la cabeza en un gesto de desconfianza. El mar estaba muy agitado.

El sonido de un trueno cercano despertó a Morales de sus pensamientos. De a una a la vez, las gotas de lluvia cayeron sobre su rostro, hasta convertirse en un aguacero. El agua de lluvia comenzó a acumularse rápidamente en el interior del bote. Juan se maldijo a sí mismo por haber dejado atrás la cubeta de plástico; ahora comprendía la razón por la que se encontraba allí. Continuó remando con más fuerza, sintiendo el peso de la embarcación aumentar poco a poco. La cortina de agua le impedía ver más allá de pocos metros. Había perdido de vista la línea costera. El oportuno resplandor de un relámpago marcó la silueta de las rocas por un instante, orientándolo nuevamente.

Sus pies ya se encontraban sumergidos en el agua helada. Morales observó el cuerpo de Steve, que permanecía quieto, parcialmente sumergido. Apoyó el remo a un costado y comenzó a extraer el agua del interior con sus manos. Era una batalla desigual, no podría mantener ese bote a flote por mucho tiempo. Se estaban hundiendo. Morales movía sus brazos frenéticamente en un acto desesperado por mantener a flote la embarcación. Alzó su cabeza para observar el cuerpo de Steve, y evitar que se ahogara; con sus ojos recorrió sus piernas estiradas ya sumergidas en el agua, sus brazos flotando y su cabeza apoyada contra un lado del bote. Sus ojos...

Lo estaba observando.

Casi instintivamente Morales se echó para atrás y de inmediato tomó en sus manos el remo de madera. No había alcanzado a levantarlo lo suficiente para dar un golpe certero cuando vio acercarse el cuerpo de Steve y derribarlo. Con todo el peso del inglés sobre su cuerpo, Morales intentaba con toda su fuerza levantar su cabeza del agua para poder respirar. Con sus ojos abiertos bajo el agua sólo podía ver la silueta de Steve sobre él y sentir la presión de sus manos en su cuello. Juan estiró su mano y comenzó a tantear a su costado, en busca del remo que había dejado caer en la embestida. El agua comenzaba a entrar por su nariz, por su boca, asfixiándolo. La desesperación lo invadía, pero ya no tenía fuerzas para librarse. De pronto, en su mano sintió un cilindro de madera. El remo.

Emergiendo del agua con velocidad, el remo golpeó la cabeza de Steve, cayendo hacia atrás. El bote se mecía peligrosamente y el agua en su interior continuaba acumulándose irremediablemente. Morales se reincorporó de inmediato, inspirando profundamente para recuperar el aliento. Delante de él, Steve trataba de mantener el equilibrio sobre sus brazos en un intento por ponerse de pie. Un hilo de sangre recorría su rostro desde su cabeza, tiñendo de rojo el agua. Tomando nuevamente el remo en su mano, Morales lo levantó sobre su cabeza, pero una patada de Steve en su rodilla lo derribó, obligándolo a caer sobre un costado del bote. Con un gesto de dolor, Juan intentó recuperarse apoyando todo su peso sobre el costado, inclinando la embarcación. De pronto, sin previo aviso, vio el mundo darse vuelta para luego percibir el frío intenso y hundirse bajo las agitadas aguas.

El agua helada del mar penetraba hasta los tuétanos como miles de abejas enfurecidas. Morales contuvo la respiración y, agitando sus brazos y piernas, se asomó a la superficie. Frente a él, el bote dado vuelta flotaba a la deriva, no había señales de Steve por ningún lado. Sin perder más tiempo y con el temor de sufrir una mortal hipotermia, comenzó a nadar hacia la costa. Con cada brazada se acercaba más a la orilla. Podía sentir sus piernas entumecerse a causa del frío. No tenía mucho tiempo. No miró hacia atrás, toda su fuerza y atención estaban ahora puestos en alcanzar tierra firme y salir del agua. Continuó avanzando bajo la torrencial lluvia, desde donde se encontraba ya podía reconocer la silueta del faro y la casa a su lado. No faltaba mucho por recorrer. Estaba perdiendo de a poco la sensibilidad en sus piernas y en sus brazos, Morales sabía que esa no era una buena señal. A pesar de sus esfuerzos, su cuerpo era llevado a merced de la marea, pero podía ver la costa acercarse cada vez más, y eso le daba más fuerzas para continuar.

Con gran alivio, Morales pudo sentir tierra firme bajo sus pies y avanzó unos pocos metros más hasta dejarse caer sobre la gravilla. Ya casi sin aliento, se mantuvo boca arriba sintiendo las gotas de lluvia caer sobre su rostro. Permaneció inmóvil unos instantes y luego se sentó para observar el mar. No lograba ver ninguna señal del bote ni del inglés. "Tal vez se ahogó al darse vuelta el bote", pensó; pero aún permanecía alerta. Una sensación de ardor en su cabeza lo obligó a palparse con la mano para sentir un líquido tibio. Estaba herido. Seguramente se había golpeado al volcarse el bote sobre él. Se puso de pie y, agachándose, tosió fuertemente hasta sacar el agua que había tragado. Giró su cabeza para ver el faro poco más de cien metros de donde se encontraba. Morales se sorprendía a sí mismo por lo que había logrado, no creía tener la fuerza ni la resistencia suficiente para sobrevivir a todo lo sucedido las últimas horas.

Caminando con dificultad, Juan observaba el mar insistentemente, en busca de cualquier señal de Steve, pero hasta entonces sólo veía la superficie agitada del Atlántico siendo golpeada por la lluvia que no disminuía su intensidad. Más adelante, ya claramente visible, se levantaba imponente el viejo faro que otrora había servido de guía a tantas embarcaciones. Para Morales, aquel faro representaba su hogar, su refugio, su lugar en el mundo.

Caminando por la orilla a paso lento, recordó haber estado allí pocos días atrás, cuando había encontrado el par de huellas que recorrían la costa. Parecían recuerdos de años atrás, de una época lejana. Un fuerte dolor en su brazo lo hizo detener para recobrar el aliento, fue en ese momento cuando notó que el ruido de otras pisadas lo estaba acompañando. Giró su cabeza, pero sólo vio un trozo de madera acercarse rápidamente para golpear su estómago, obligándolo a agacharse de dolor, justo antes de sentir otro golpe en su cabeza, que lo hizo caer de cara al piso pedregoso. Morales quedó tendido en el suelo; ya sin fuerzas para moverse.

Con su rostro contra el piso, pudo reconocer la botas que calzaba Steve caminar a su alrededor. No podía pensar con claridad, todo parecía un sueño. Sintió sus piernas levantarse y ser arrastrado boca arriba por el suelo de gravilla. Ya casi no sentía dolor, cerró sus ojos y se dejó llevar.

CAPÍTULO 13

LA CAÍDA
DEL GIGANTE

Morales abrió los ojos. Sobre su cabeza, las vigas de madera se cruzaban a lo largo de la habitación. Estaba completamente desorientado. Tenía sed y le dolía todo el cuerpo. Todo el lugar se encontraba parcialmente iluminado por un pequeño farol a sus pies. Un fuerte olor a queroseno penetraba por su nariz. Giró su cabeza para observar la mirada fría y perdida de un jabalí que reposaba sobre una repisa de madera. Luego de unos instantes, pudo comprender que se encontraba en la habitación superior. Recostado de espalda sobre la gran mesa de madera, intentó mover sus manos, pero le fue imposible, un fuerte dolor lo obligó a desistir de hacerlo. Estaba atado. Aquella simple maniobra lo había agitado, y decidió permanecer quieto por un instante más antes de volver a intentarlo. Cuidando de no caer de la mesa, Juan inclinó su cuerpo hacia uno de los costados. A pesar de la oscuridad en la que se encontraba, pudo ver que no había nadie en la habitación. En su mente comenzaron a surgir escenas de lo vivido, el bote, el mar, Steve. A través de las ventanas notó que ya era de noche, pero no tenía noción del tiempo ni de cuánto tiempo había transcurrido. Todo parecía muy confuso e irreal, no podía acomodar sus pensamientos para tener una visión clara de la situación en la que se encontraba. Con un inmenso dolor movió sus piernas entumecidas y las dejó caer a un lado de la mesa, para que dar sentado sobre el borde. Bajó su mirada y alzó las manos para ver, con horror, que no se encontraban atadas con ninguna cuerda. Completamente cubiertas de su propia sangre, ya casi seca, pudo ver lo que le impedía moverlas.

Estaban cocidas.

Una hilera de puntos que recorrían la parte interior de sus manos las mantenía unidas. Más de veinte puntadas hechas con el mismo hilo de taxidermia con el que solía trabajar. Con desesperación, intentó separarlas, pero el dolor que le provocaba era tan intenso que lo obligaba a detenerse. Nuevamente la sangre comenzó a brotar de sus manos. Debía hacer algo. Recorrió con la mirada cada estante de la habitación, todo parecía haber sido revuelto. Esparcidas por todo el piso estaban las bolsas de estopa de arpillera, algodón y los frascos de queroseno, arsénico y otras sustancias que utilizaba en el proceso. Continuó en su búsqueda hasta que, en un momento, notó el reflejo de la hoja de metal de la cuchilla reposando sobre una de las mesas de herramientas.

Pasando por alto el dolor que sentía, se dejó

caer, golpeando su cuerpo contra el piso de madera. Contuvo el aliento. Al sentir el mareo provocado por el movimiento, se preguntaba cuánta sangre había perdido. Lentamente comenzó a arrastrarse a través de la habitación, hasta llegar a la mesa donde ordenaba sus herramientas. Alzo sus manos para tomar la cuchilla pero descubrió que estaba demasiado alta para alcanzarla. Debía ponerse de pie. Respirando profundamente acomodó su espalda contra la pared para tener un punto de apoyo y así lograr pararse. Se detuvo, a través de la puerta entreabierta llegó a sus oídos el crujir de los escalones de madera. Alguien estaba subiendo.

Steve.

En el afán por ponerse de pie rápidamente, Morales pierde el equilibrio y cae nuevamente al piso golpeando su hombro contra la mesa. El ruido de las herramientas de metal cayendo y esparciéndose por el lugar retumbó en el silencio de la habitación. Segundos después la puerta se abrió y tras ella apareció Steve; en su mano traía la foto que Morales guardaba celosamente en su habitación.

—Vaya… vaya… —dijo sorprendido— Veo que ha despertado. Y también que ha intentado una vez más evitar lo inevitable, ¿verdad? —agregó, al tiempo que se acercaba más— Otra oportunidad que pierde, Morales. Ahora las cosas van a ser a mi manera.

Steve se acercó lentamente hasta donde Morales se encontraba. Agachándose frente a él acercó la fotografía a su rostro.

—¿Éstos son sus padres? —preguntó volviendo a mirar la imagen— Parecen buenas personas. Lástima que hayan terminado así, ¿no?

Morales permaneció en silencio, apoyado contra la pared. Steve retrocedió unos pasos y dejó caer la foto al piso para luego apoyar su pie sobre ella. Se detuvo justo frente a él y se agachó hasta quedar a su misma altura.

—No se ponga sentimental, Morales —le dijo—. Pronto va a estar con ellos otra vez. Aunque nunca se sabe... A propósito... —agregó observando las herramientas esparcidas por el piso— buen intento, soldado. Es una lástima que tenga que despedirme, me hubiese gustado quedarme unos días más en su casa, hace una comida excelente.

Desde donde se encontraba, Morales continuaba inmóvil en un intento por recobrar fuerzas. Observaba al inglés caminar lentamente rodeando la mesa central y husmeando con curiosidad cada elemento de los estantes, cada animal que reposaba sobre ellos.

—Le voy a confesar algo, Morales —prosiguió Steve con tono calmo—. Esto no salió como lo había planeado, debo reconocer que me sorprendió. Por un momento creí que la situación se había escapado de mis manos, que había perdido la batalla, pero una vez más las cosas se acomodaron y el destino estuvo a mi favor. ¿Cree en el destino, Morales? ¿Cree que el destino nos juntó por alguna razón?

Steve tomó uno de los frascos y, desenroscando la tapa, dejó caer su contenido al suelo para luego tirar el envase vacío.

—Juan... —continuó, tomando otro frasco para vaciar su contenido sobre la mesa— Juan era la única pista, el único dato que tenía de usted cuando comencé. Fue una tarea bastante difícil y agotadora, como dicen acá "trabajo de hormiga". Pero finalmente la perseverancia dio su fruto y aquí estamos, casi treinta años después, cerrando este círculo que usted no supo cerrar.

Mientras hablaba, Morales observaba cómo los

frascos caían derramando el líquido sobre el piso de la habitación. Ambos sabían que muchos de ellos contenían sustancias inflamables; sólo era necesario un poco de calor para que ese lugar se transformara en un infierno. Steve iba dejando un rastro de destrucción a medida que avanzaba. Morales alzó su mirada hacia el farol de queroseno que iluminaba el lugar, apoyado peligrosamente sobre el borde de la mesa central. Las bolsas de estopa, paja y lana embebidas en queroseno no era una buena combinación en ese cuarto de pisos y paredes de madera. Morales comprendió la intención de Steve.

—Lamento haber hecho eso con sus manos, Juan —le dijo Steve señalando con su mirada las manos de Morales—. Pero después de enseñarme sus habilidades con las cuerdas en dos oportunidades, no me dejó alternativa. Por suerte, aquí tuve suficientes elementos para que pudiera hacerlo sin provocarle dolor. Aunque, a decir verdad, dentro de poco no creo que vaya a importarle demasiado. Hagamos esto rápido, no quiero hacerlo esperar más de lo necesario.

Steve se acercó y, luego de tomar el farol en su mano, se detuvo frente a Morales para agacharse una vez más delante de él.

—Le repito, Morales, no hubiera querido que sea así —dijo Steve removiendo cuidadosamente la cubierta de vidrio del farol para dejar la llama al descubierto—. Pudo haber terminado con esto, le di suficientes oportunidades, pero no supo aprovecharlas en su momento. Fue un gusto haberlo conocido en persona, después de tanto tiempo, de tanta búsqueda. Pero ahora es tiempo de que desaparezca de mi vida, de mis pesadillas. Debo continuar con mi vida, una vida sin usted. Una vida que yo mismo me gané el derecho de vivir, sin agradecer a nadie el estar vivo.

Steve se reincorporó y quedó en silencio un instante. A sus pies, Juan lo miraba fijamente en silencio, todos sus pensamientos estaban concentrados en lo que haría llegado el momento. Con el farol en su mano, dio media vuelta y se dirigió hacia la puerta para luego detenerse; giró su cabeza hacia Juan y alzó en alto el farol encendido.

—Lo relevo de su cargo, soldado —susurró, dejando caer la lámpara y desapareciendo tras la puerta.

Como un torrente, el fuego comenzó a expandirse por la habitación. En menos de diez segundos las llamas cubrían los muebles y las cortinas de las ventanas. Morales se arrastró en busca de las tijeras que habían caído no muy lejos de donde se encontraba. El humo negro se acumulaba rápidamente en el techo y el calor se volvía insoportable. Los químicos ardiendo provocaban una sensación de ardor en su nariz imposible de soportar. Con sus manos unidas, intentaba encontrar un elemento para librarse, pero respirar se estaba volviendo una tarea cada vez más difícil. Arrastrándose y tanteando con sus manos el piso sentía el calor del fuego acercándose rápidamente. De pronto, alcanzó a ver la tijera y, extendiendo sus brazos, la tomó. Con desesperación notó que sus manos estaban tan unidas que le era imposible maniobrar la tijera para poder librarse. Se recostó al ras del suelo en búsqueda de más oxígeno, sabía que no le quedaba mucho tiempo antes de perder el conocimiento. Trozos encendidos de madera comenzaban a caer del techo de la habitación. Era cuestión de tiempo antes que se derrumbe. Debía salir de allí lo antes posible, el aire se estaba volviendo veneno en sus pulmones. Respiró profundamente y con toda su fuerza extendió sus brazos. Con un grito de dolor sus manos se separaron, desgarrando la piel. Inmediatamente la sangre comenzó a brotar de sus manos. Tiró del borde de su camisa y arrancó dos tiras de tela para luego envolverlas alrededor de sus dos manos para evitar desangrarse. Haciendo caso omiso al dolor, tomó la tijera, se puso de pie y corrió hacia la puerta por sobre las llamas que ya cubrían toda la habitación.

Sin aire, comenzó a descender por las escaleras. No había bajado tres escalones cuando sintió un violento golpe por detrás que le hizo perder el equilibrio. Un estruendo acompañado de una ráfaga ardiente lo derribó escaleras abajo. El techo se había derrumbado. Cientos de astillas encendidas surcaron el aire sobre él, y el humo comenzaba a inundar toda la casa. Tosió fuertemente en un esfuerzo por recobrar el aliento y se puso de pie. Observó sus manos ensangrentadas, pero no sentía dolor. A través del denso humo alcanzó a distinguir la silueta de Steve que se encontraba de pie en la cocina, cargando con prisa un bolso. Morales se acercó sigilosamente y, de un solo movimiento, se abalanzó sobre él clavándole la tijera en la espalda.

Los dos cuerpos cayeron al piso. Steve empujó a Morales hacia un costado y, con un gemido de dolor, se reincorporó extrayendo la tijera clavada detrás de su hombro. Juan se abalanzó nuevamente sobre él golpeándolo en el rostro reiteradas veces con sus manos heridas. Con un movimiento, Steve se alejó y, dando pasos hacia atrás, abrió la puerta que conducía hacia el faro para escapar tras ella. Morales sabía que no tenía salida. Acercándose hacia uno de los cajones de la mesada tomó un cuchillo y fue tras él.

El resplandor fugaz de un relámpago se filtró a través las pequeñas ventanas para iluminar por un instante la escalera en espiral. Con el cuchillo en la mano,

Morales inició su ascenso lento pero ininterrumpido por los angostos escalones de metal. Alzando la mirada podía ver la silueta de Steve recortarse entre las sombras, alcanzando la parte superior del faro. Morales alcanzó a escuchar un grito, pero no supo distinguir qué había dicho. Continuó subiendo por las escaleras. A través de las paredes de ladrillo lograba escuchar el golpeteo incesante de la lluvia contra el faro, acompañado por el estruendo de un trueno cercano. Juan se detuvo un instante y respiró profundamente para luego continuar su ascenso.

Pocos eran los escalones que restaban para alcanzar la cúpula. Todo estaba muy silencioso y tranquilo. Se podía escuchar el ruido de la lluvia contra los ventanales de vidrio. Avanzó lentamente con el cuchillo en su mano. Sin previo aviso, una patada certera golpeó su mano obligándolo a soltar el cuchillo que cayó por las escaleras. Rápidamente Morales subió los escalones restantes y se abalanzó sobre Steve, quien perdió el equilibrio y golpeó con su espalda contra la vidriera, haciendo añicos el vidrio detrás. El viento y la lluvia se colaron de inmediato en el interior.

—¡Terminemos con esto! —exclamó Morales por sobre el sonido del viento.

Steve respondió con reiterados golpes de puño contra Juan. El agua de la lluvia cubría el piso volviéndolo resbaladizo. Morales continuó su lucha, escuchando el estallido de los cristales cada vez que golpeaban con sus cuerpos los ventanales. Recibió todo el peso de Steve sobre su cuerpo, aplastándolo contra la estructura central, para luego sentir los golpes de puño contra su estómago, sacándole el aliento.

Una gran llamarada se elevó hacia el cielo, seguida por una ola de calor insoportable y un estruendo que movió los cimientos de la estructura. A través de las ventanas, observaron la casa derrumbarse por completo bajo las llamas.

Morales cayó al piso para luego recibir una fuerte patada en sus costillas, arrojándolo hacia un costado. Ya sin aliento, apoyó sus manos ensangrentadas en el piso para reincorporarse. En ese momento pudo sentir en sus manos un trozo de vidrio, el cual tomó y, poniéndose de pie, clavó profundamente en el costado de Steve.

Al ver lo que Juan había hecho, Steve se echó hacia atrás, tratando de extraer el trozo de vidrio clavado en su cuerpo. Viendo la sangre empapar su ropa, alzó su mirada hacia Morales y continuó alejándose de él caminando lentamente hacia atrás. Sin advertirlo, golpeó con su cuerpo la pared y, perdiendo el equilibrio, cayó de espaldas por el ventanal, cayendo sobre el balcón. Juan caminó lentamente y abrió la pequeña puerta que comunicaba al balcón pero Steve ya no estaba en el lugar. Podía sentir el calor del fuego que provenía de los restos de la casa. Sabía que el faro no sobreviviría por mucho tiempo más. Miró hacia el interior. Nada. Avanzó unos pasos más rodeando la estructura, apoyándose en la baranda de metal. En ese momento, sintió los pasos acercarse rápidamente tras él. Por instinto, giró y agachó todo su cuerpo al tiempo que veía la figura de Steve avanzar sobre él y caer sobre la barandilla con todo su peso.

Morales se incorporó rápidamente y alcanzó a tomar su mano. El rostro de Steve se transformó, en su mirada podía notarse el terror, la desesperación y la impotencia. Veintidós metros más abajo las olas se estrellaban con toda su furia contra las rocas. Del otro lado, las llamas consumían lo que quedaba de la casa.

La lluvia golpeaba el rostro de Steve mientras apretaba con toda su fuerza la mano de Juan.

—¡Aguantá! —exclamó Juan, sabiendo dentro de sí que no lo lograría.

Steve no dijo palabra alguna, se limitó a mirarlo a los ojos. Con un esfuerzo sobrehumano, Morales intentaba apretar su mano para levantarlo, pero estaba tan herida que le hacía imposible sujetarlo con firmeza. Su propia sangre corría por el brazo de Steve que se mecía a merced del viento. Sintió su mano resbalar lentamente bajo el peso de su cuerpo, para luego verlo caer en silencio y golpear contra las rocas. Apoyado en el borde, Morales vio el cuerpo sin vida extendido en una posición imposible sobre la roca. Recordó haber visto la misma escena, casi en el mismo sitio, cuando lo había descubierto.

Entrecortado por el viento, llegó a sus oídos el sonido lejano de sirenas. Se apartó de la baranda y, rodeando la estructura, divisó a lo lejos el resplandor de las luces de un patrullero acercarse rápidamente. Ingresó y comenzó a descender a toda prisa por las escaleras. El humo filtrándose por las pequeñas ventanas se acumulaba en el interior impidiéndole ver con claridad los diminutos escalones. Las paredes comenzaban a debilitarse bajo el calor de las llamas. Continuó descendiendo escalón por escalón, tanteando con sus manos heridas la baranda de metal. De pronto, los escalones desaparecieron bajo sus pies para dar lugar al piso firme. Cubriendo su boca y nariz se abrió camino entre los restos en llamas, descubriendo que ya no había paredes ni puertas. La casa se había derrumbado por completo, ya no quedaba absolutamente nada en pie.

Trepó por las maderas y las cañerías retorcidas evitando quemarse hasta que cayó al piso de tierra y, arrastrándose unos metros más, se dejó caer sobre la hierba fría. Sintió las sirenas detenerse a pocos metros de donde estaba. Observó las llamas apoderarse del faro, en su lucha por derribar la imponente estructura de ese viejo gigante. De pronto, unas manos lo tomaron de los brazos y lo arrastraron, alejándolo de allí, para luego dejarlo reposar nuevamente sobre el camino. Morales giró su cabeza para ver al oficial a su lado, haciéndole preguntas a las cuales no prestó atención. Sentado en el camino, sintió el suelo estremecerse. Como un gigante herido de muerte, el faro comenzó a inclinarse lentamente hacia un costado; segundos después, se deshizo en miles de pedazos que se esparcieron sobre los restos de la casa que lo había acompañado toda su vida. Una nube de humo y tierra se elevó hacia el cielo a través de la lluvia, iluminada por el fuego en la oscuridad de la noche.

Una mano se posó sobre el hombro de Juan que, girando su mirada, distinguió el rostro de Elsa, la esposa de Roberto, acompañada por otro oficial de policía.

—¿Se encuentra usted bien, Juan? —le preguntó Elsa.

—Sí, Elsa —le contestó Morales—. No se preocupe, estoy bien.

—Vinimos lo más pronto que pudimos —aseguró, observando las heridas de Juan.

—Lamento mucho lo de Roberto —dijo. Elsa quedó en silencio, observando las llamas.

—Este hombre... —dijo Elsa con lágrimas en los ojos— ¿No era en verdad su primo, no?

—No... no lo era.

—¿Entonces... quién era? —inquirió Elsa frunciendo el entrecejo.

—Un pescador… —contestó Morales— Un pescador que había naufragado…

Los oficiales se acercaron y cargaron a Juan sobre sus hombros para introducirlo con cuidado en el interior del patrullero. Una vez que los cuatro estuvieron dentro, comenzaron a alejarse del lugar. Sentado en el asiento trasero, Juan giró su cabeza para ver las llamas danzar sobre los restos de la casa que había sido su hogar. Ya no quedaba ningún rastro de ese viejo faro. Poco a poco el resplandor se fue haciendo cada vez más pequeño hasta desaparecer en el horizonte. La lluvia había cesado y las estrellas comenzaban a abrirse camino entre las nubes. Morales respiró hondo y se acomodó en el asiento para luego cerrar sus ojos y descansar.